魅丽文化

马叛 /著

MAPAN
WORKS

做我平淡岁月里的星辰

广东旅游出版社
GUANGDONG TRAVEL & TOURISM PRESS
阅读书·悦悦外·悦界人生

中国·广州

图书在版编目（CIP）数据

做我平淡岁月里的星辰 / 马叛著. — 广州：广东
旅游出版社，2017.7
ISBN 978-7-5570-1016-4

Ⅰ．①做… Ⅱ．①马… Ⅲ．①长篇小说－中国－当代
Ⅳ．① I247.5

中国版本图书馆 CIP 数据核字 (2017) 第 145815 号

出　版　人：刘志松
总　策　划：邹立勋
责　任　编　辑：梅哲坤

广东旅游出版社出版发行

（广东省广州市环市东路 338 号银政大厦西楼 12 楼　邮编：510030）

邮购电话：020-87348243

广东旅游出版社图书网

www.tourpress.cn

湖南新华精品印务有限公司

（湖南省望城湖南出版科技园　电话 0731-88387578）

880 毫米 ×1230 毫米　32 开

8.5 印张

120 千字

2017 年 7 月第 1 版第 1 次印刷

印数：10000 册

定价：32.80 元

谨以此书献给爱情

看到一切美好的事物，都想分享给你，想象着你因为我的爱变得更加美好的样子，这比我自己变好更让我开心。

喜欢上一个对的人，
走在暗夜里也能看着到星辰，
这星辰是爱，是希望，是一
切力量的源泉。

每一次梦见你的时候，
我都害怕醒来。

East

West

今日鲜花 ☺
为花们伴自一天~

百合   10/支   🐾
玫瑰   15/支   🐾
绣球   9/支
满天星 10/把
风信子 20/盆

我埋下了你最喜欢的风
信子的种子，花开的时候，
希望你会回来。

想和你一起再去一趟海边，海风吹来远方的味道，让我想起我们的从前。

茫茫人海中，再找不到一个像你一样的人。你离开的时候，带走了这个世界所有的光。

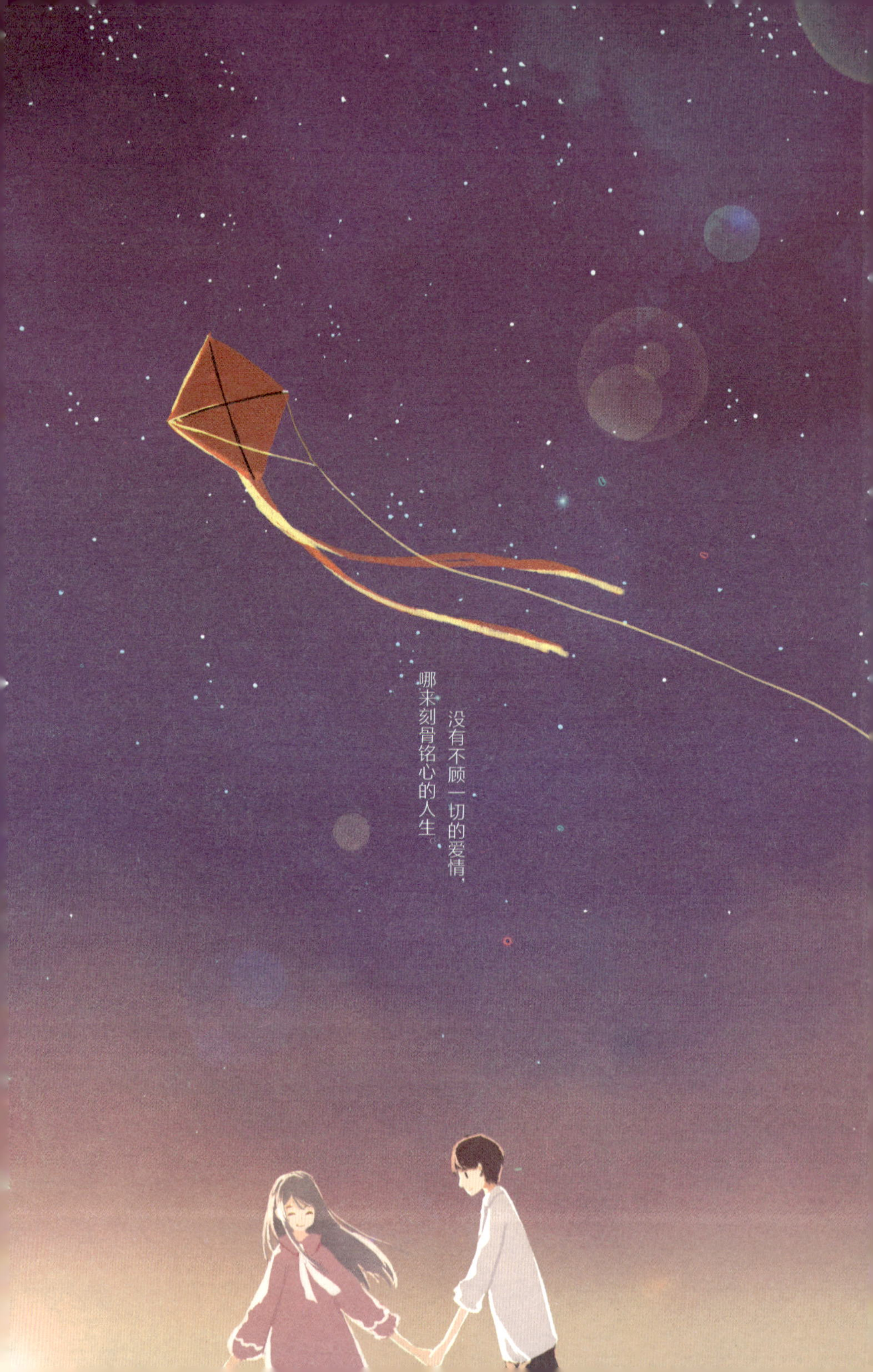
没有不顾一切的爱情，
哪来刻骨铭心的人生。

神秘的爱情之瓶一旦打开，人生便再也由不得我们胡来。

目 录

C O N T E N T S

1

目录

CONTENTS

2

序言

▼

　　有很长一段时间，我害怕与人聚会。甚至害怕发朋友圈。因为许多我觉得不可思议的事情，在他人看来不过如此。这让我觉得自己像井底之蛙。许多话一说出口我就后悔了，但又收不回来，尽管大家都礼貌地不拆穿我的浅薄，我自己却会为此彻夜难眠。成长为一个儒雅沉稳厚重的人，对于我来说可能需要一生的时间。

我骨子里的冒冒失失和盲目的自信，以及心情一好就爱胡说八道的坏习惯，毁掉了我在许多人心中的好印象。有时候太懊悔了，我只好安慰自己说，这是成长的必经之路，不如此，可能我永远意识不到自己的无知，经历了这些让人羞愧的聚会后，我才能看到我的弱点，从而加以纠正。只要能越来越好，总是有希望的，那个浅薄自大爱炫耀的我，终将在有生之年与我剥离。

这种自知之明，自我意识，多次挽救我于人际关系的危难之中。我常常想，我现在努力上进，努力到老，肯定也无法做到让每个人都喜欢，但起码可以做到让大多数人都不讨厌吧。

我一直以为，我的这些想法是符合主流的价值观的。直到最近听到了另外一些声音，看到了另外一些书。类似《不必去做一个人人都喜欢的姑娘》或者《我不能让每个人都喜欢》，明显是给自己的缺点找借口的书。

因为鸡汤太多了，导致"反鸡汤""毒鸡汤"类的书现在反而受到了追捧。这是个很可笑的怪现象，鸡汤再多再腻也是鸡汤，虽然喝多了会撑胀，但不会有副作用。你不能补药喝多了，就喝一碗毒药换换口味解解腻吧。补药喝再多也不过是让你撑胀，毒药一口就可以要你的命。

我懒散，我小气，我喜欢熬夜玩游戏，我身上有一堆的毛病，但是没关系，大多数人都跟我一样，大多数人还不如我，我没必要上进，没必要去讨好每个人，反正我再怎么样也不会让大家都喜欢，我干吗活得那么累？我随心所欲就好了。

其实这些"毒鸡汤"里传递的消息四个字就可以概括了——不负责任。

用各种办法逃避责任，拒绝面对自身的不足。脸上脏了不去洗脸，而是选择不照镜子，还得意地告诉别人，自己找到了一个脸上脏也可以活得心安理得的好办法。明明是自欺欺人，却宣扬成特立独行。

过去推崇榜样的力量，让大家都学习优秀的人，因为推崇得有点过，导致千人一面、人云亦云。所以当代社会追求个性，追求解放自我。可是在追求个性解放自我的时候，很多人忘记了，自己根本就是一个浑身都是毛病的人，真解放了，就是个祸害，遭殃的是整个社会。

像我这样作息规律，年少成名，写了近三十本书的作家，还一身的缺点，经常在夜深人静的时候反省自己做过的错事，反省自己言行上的不足。而普罗大众，社会上的大多数人，到底凭什么觉得自己可以一边心安理得地混日子，一边说我这里那里都挺好？我不做人人都喜欢的姑娘，人民币才人人都喜欢呢。

迷之自信是很可怕的。说句大实话，这种莫名其妙的优越感，能让你的生活变得更好吗？能让你升职加薪吃手抓饼的时候多加几个蛋吗？答案是不能。这种盲目的自信和优越感，只会让你的生活越来越糟糕。

金无足赤，人无完人。这句话的意思不是说这个世界上没有完美的人，就可以不去做完美的人了，而是说，人性的弱点是每个人都有的，生老病死七情六欲困扰着我们，我们不可能做到完美，但我们可以努力无限接近完美。

只有每个人都知道反省，担负自己作为社会一分子的责任，追求做尽可能完美的自己，这个社会才会好起来。

如果大家都追求个性，都逃避压力，都不想负责，那么要不了多久，这个社会就会乱套了。因为不管到什么时候，一个人的自私、自我、任性、不负责任背后，都连累了一群人为其埋单。

换句直白点的话说，每一个在大理丽江追求梦想，谈论灵魂破碎的年轻人家里，都有一个哭泣的母亲。

　　是为序。

长沙
爱 情故事

CHANG
SHA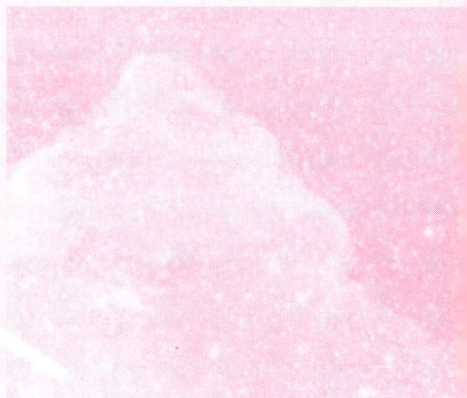

/ AI QING
GU SHI

01

2007 年的夏天，我第一次到长沙。

刚下火车就感受到了空气中的热情，看不到太阳，却比烈日当空更热。接我的朋友说，你来得真是时候，这时候的长沙出太阳就是火炉，不出太阳就是蒸笼。

我一边擦汗，一边跟朋友排队去打出租车，衣服一会儿就湿透了粘在了身上，那种感觉，就像小时候看《西游记》，唐僧师徒一行四人到了火焰山。还好出租车很快来了，不然再过一会儿我把衣服脱下晒干，就能抖下盐来。

朋友的住所离火车站很近，出租车拐了几个弯就到了。那时候还没有修地铁和轻轨，连高架桥都没有，路上畅通无阻，左右的建筑一览无余。看着这座相比北上广来说节奏稍显缓慢的城市，我身上的热意渐渐退去，新生活就这样开始了。

我虽然漂泊多年，但基本上都是在北方和西部，南方小城的景象，过去只在达达乐队的歌里听到过。透过歌声，也曾幻想过无数次南方湿润的空气和温柔的女子。如今亲眼目睹了这里的景象，莫名有种恍如隔世的感觉。好像在梦里，我曾经到过这里。

这么多年东游西荡，唯一值得欣慰的就是我还保持着初衷，还有一颗见惯了一切蝇营狗苟却依旧对这个世界好奇着的童心。所以单是在出租车上透过车窗看着这陌生新鲜的城市，我就有了一颗想在这里安家的心。

在车上朋友跟我大致讲了他的安排，他到长沙已经很多年了，各方面都比我熟悉，他让我先借住在他租的房子里，等我工作稳定下来之后，再搬家到离公司近的地方。

我在长沙的工作就是这个朋友帮我介绍的，是一家以青少年为受众的青春文学杂志社，我要负责的工作就是看稿件。只是这工作还没完全定下来，需要我去见一见负责杂志的主编大人。

我在来长沙之前就听朋友说过，他认识一个"女神"，只可远观不可亵玩，这个"女神"的职务就是一家杂志社的主编，当时我也没有多问，那时候我一门心思周游世界，根本没想到自己会天真地去朝九晚五地上班，并且还刚好是在这位传说中的"女神"门下。

02

到朋友租住的小区门口后，他把房门钥匙丢给我，让我自己

做我平淡岁月里的星辰

去找 6 栋 505，他要去上班，就直接坐车走了。

我拖着大箱子，踩着满地被嚼碎的槟榔，在陌生的小区晃悠了几圈，经过保安的指点，总算找到了 6 栋的 5 楼，结果因为门牌都被小广告和破旧的年画挡住了，一开始我开错了门。

我把钥匙插进锁孔，转了半天，门没开，钥匙却拔不出来了，正当我犯愁的时候，门自己开了，一个美艳得让我目不转睛的年轻女孩自门后出来，问我在干吗。

这个女孩就是我后来的女朋友。当时我第一反应就是开错门了，因为朋友跟我说过他是一个人住，也正是因为他是一个人住，我才愿意被他收留。我讨厌和陌生人住在一起。

"这里是 505 吧？"我给自己找了个台阶下。

"505 是对面。"女孩打量了我一番，确定我不是坏人后，才吐出了这句话。

"不好意思，我第一次来，弄错了，钥匙插进你家的锁孔拔不出来了。"

"笨。"说完，女孩出了门，上下扭动了几下钥匙，轻轻一拔，钥匙就出来了，堪称神技。可惜还没等我夸赞她，她就把钥匙丢我手里，白了我一眼后飞快地闪回了门后，我的道谢声也被她淹没在了房门被用力甩上时发出的撞击声里。

　　我从艳遇中回过神来，打开朋友的家门，找到他已经收拾好的空置的房间，把自己搬来的行李一件件在空荡荡的房间里码放好，然后就去洗了个澡，准备迎接新的生活。

　　因为随身带了电脑、吉他、麦克风、各种书籍、衣服以及一些小玩意儿，码放东西花了我很长时间，等码放好东西洗漱完身体，已经是傍晚，我跌坐在沙发上，顺手拿起一本杂志，还没翻几页，朋友的电话就打了过来。电话一响，我才想起来，朋友在出租车上就叮嘱过我，说吃晚饭的时候要去见那个杂志主编，谈我接下来的工作。

　　其实即便不去上班，我靠写作也能维持生活。但年纪轻轻的，天天闷在家里也不是办法。不仅仅周围的众人不理解，我自己也时常会觉得无聊。

　　做编辑虽然枯燥，需要看一堆烂稿，但好在是和文字相关的工作，做起来不会太累。而且来之前我也看过那杂志，上面刊登的稿件虽然一般，插图上的模特却一个比一个漂亮。每一期的封面人物让人对主编的审美刮目相看，我想如果我入职了，那么文稿质量一定会得到提升，这样一来就图文双优了。朋友也是用这个理由向主编推荐我的。

　　好在朋友订的餐厅离小区不远，我也早洗漱完了，所以接到电话我就匆匆忙忙下了楼，在楼道里，我和那个帮我拔钥匙的女孩擦肩而过，可惜她像看陌生人一样看了我一眼就自顾自地走了。

很多年后回想起这次的擦肩而过，经过当事人确认，我才知道，帮我拔钥匙的是妹妹，在楼道里跟我擦肩而过的是姐姐。她们是长得很像的双胞胎，而且他们家不仅仅这一对双胞胎，她们俩还有两个弟弟，也是双胞胎。

03

我到约定的餐厅的时候，朋友还在路上，杂志主编还没出门。那是我第一次和"拖延症患者"打交道，后来和主编熟了，每次我们约下午两点见面，我都三点半到，这样等半个小时她就来了。

好在餐厅里放着音乐，而且是我喜欢的周云蓬的歌，等待的时光也不算无聊。那年月已经不适合听摇滚，流行音乐又太俗，民谣夹在中间，刚好符合年轻人的需求。

喝光第二杯柠檬水之后，朋友到了，还没坐下，他就又开始嘱咐我，说等会儿跟主编交谈要注意言辞，他可是把我形容成了世间罕见的德才兼备之人，如果我口无遮拦胡说八道，工作黄了不说，以后他在主编那里也不会有好印象了。

　　朋友的嘱托我全盘接受，反正我只是找个工作而已，又不是要跟主编相亲结婚过一辈子，不会有太多的要求，只要对方能接受我，我就一万个没问题。说到相亲，朋友跟我说主编大人是个"白富美"，未婚未孕，非常值得追求。我听了之后很好奇他是怎么向主编介绍我的。

　　朋友叫陈宏，这名字在电脑上打出来没问题，平时叫的时候就很怪异，像是在叫一个妹子。好在他为人大度，不会计较别人跟他在性别上开玩笑。

　　我们认识很多年了，最初是在网络上闲聊，后来一起去旅行，他很会照顾人，跟我年纪差不多，却永远像个大哥。最绝的是他的厨艺，烙饼啊腌咸菜啊他都会，而且味道一流。

　　我有很多奇奇怪怪的朋友，平时我不怎么找他们，但是每次找他们，他们都有求必应。他们平时也不怎么找我，找我我也有求必应。

　　这些奇奇怪怪的朋友，包括陈宏，也不包括陈宏。包括是因为他够"奇葩"，不包括是因为他有事没事都会找我，一点也不在意我是不是心烦意乱不想和任何人联络。就像这次，如果不是因为长沙有他，我肯定不会到这火焰山来，更不会找一份从来没有从事过的工作。

　　我自由自在惯了，很怕约束。东游西荡惯了，很挑剔环境。来长沙工作，对于我来说是一种对自我的挑战和调整。用陈宏的话说就是："你都奔三的人了，再浪荡下去你这辈子就完了。你必须改变你的生活习惯，和这个社会接上轨。"

　　这样的话本来该是我爸妈跟我说的，可是我已经没有了爸妈，我周围全是一些大家各做各的互不干涉的人。突然有这么一位硬要像爸妈一样管着你、干涉你生活的人，竟莫名觉得心里暖暖的。

　　可能是孤独太久了。

04

　　主编在我上了第五趟厕所后，出现在了陈宏对面。看到我后，她自我介绍说她叫袁嫒，还递了一张名片。而我接过她递来的名片后，因为紧张，一时竟忘了自我介绍。好在有陈宏在，他及时打了圆场，说了一堆客气的话。

　　我不太擅长恭维人，在我看来，这种类似面试的会面，不适合我这种自由惯了的人。这种场合讲究太多规矩，而我举手投足间都可能坏了规矩。

　　好在主编也是个性情中人，加上杂志社确实缺人，而我又具备填补这个空缺的才能，所以这次会面，她更多的是想看看能不能跟我聊到一起，"三观"是否相符。

在这个复杂的世界里，各式各样的优秀人才太多了，就和找对象一样，找一个优秀的人不难，难的是优秀的同时聊得到一起。

如果你喜欢摇滚，我喜欢二人转，说明我们天生不合适。并不是说摇滚或者二人转谁比谁高贵。如果不合适，那么不管再优秀，也没办法在一起工作。

所以正式认识后，袁媛问我的第一个问题是："你最喜欢的影片是哪部，演员是哪个？"

我想了一下，觉得刻意找个讨喜的答案不如实话实话，可能说喜欢贾樟柯或者王家卫显得更有格调，但真被录用了以后要长期接触的，说谎话总有被拆穿的那一天。

于是我实话实说："最喜欢的演员是让·雷诺，就是《这个杀手不太冷》里的那个杀手，不过我最喜欢他出演的影片是《你丫闭嘴》，在那部片子里他演的也是个杀手，那是我最喜欢的一部影片，第二喜欢的影片是《上帝保佑美国》，里面的插曲很棒，尤其是那首魔音高歌，一直是我的手机铃声。"

"《你丫闭嘴》有好多方言版，我记得我看的是东北话版，那部片子确实搞笑。就电影来看你应该是个乐观幽默的人，可是《上

做我平淡岁月里的星辰

帝保佑美国》里的魔音高歌又是首绝望的歌，从你喜欢的电影和音乐来看，你是个蛮矛盾的人，我说得对吗？"袁媛说完这番话，喝了口热饮，喝热饮的时候笑着看了我一眼，那神态，简直像是一个胸有成竹的算命先生。

"这两部电影你都看过呀，我还以为我的品味蛮小众的。不过我倒是觉得魔音高歌是一首魔歌，绝望的时候听着就绝望，励志的时候听着就励志。全看心情。那首歌的歌词有很多翻译的版本。老陈你觉得呢？"我把话题丢给了陈宏，毕竟他是我们的中间人，他不说话只是看我们两个刚认识的人聊天，多少有些尴尬。

"我啊，说了怕你们生气，你们聊的影片我都没看过，苏仕的手机铃声我倒是听到过几次，但今天才知道那是魔音高歌。我觉得吧，就苏仕的手机铃声而言，挺'带感'的，我挺喜欢。"陈宏回答得模棱两可。

说实话，我们虽然认识很多年了，但像今天和袁媛这样深度交流精神层面的问题，还是第一次。可能有些朋友就是这样，相伴多年，他知道你最隐秘的胎记在哪儿，知道你爱吃什么，知道你醒来后喜欢听一会儿音乐，却不知道你内心深处最渴求的是什么。也不是他不想知道，而是他无法知道。

就像一米五的人，永远不知道一米六以上的空气是什么味道。

袁媛虽然跟我是第一次见面，却对我的内心了如指掌，这种感觉，说遇到知音过了点，如果硬要找一个词形容的话，就只能是棋逢对手了。

"苏仕是问你觉得这歌是属于绝望的呢，还是励志的。或者你也觉得像苏仕说的那样，听这首歌要看心情？"袁媛继续让陈宏当我们之间的裁判。

"好吧我认输，我确实是一个矛盾的人，自卑也自负，乐观也绝望。"我替陈宏回答了，然后低头喝茶，有种听天由命、任凭发落的感觉。这时候，服务员陆续把冷菜端上来了。

我们吃着菜，又聊了一些日常喜好方面的问题，总体来说，这顿饭吃得还算愉快。吃完饭我和陈宏回家，袁媛开车去夜店玩。在回去的路上，陈宏收到了袁媛的微信——感谢你给我推荐了这么棒一个小伙子，我喜欢他的坦诚，更重要的是，他跟我品味非常一致。我说实话你不要吃醋，我认识你这么多年，没有一次像跟他聊天这么愉快的。

陈宏把手机丢给我看完之后说："想想第一个月拿到工资了给我买什么礼物吧！"

我笑了笑，回了一句："等会儿到了家，你去我房间，看上什么就拿什么吧！"

05

　　袁媛给了我两天时间准备，然后我就要去公司报到。其实我没什么好准备的，直接去上班也没关系，但我还是答应了，毕竟一旦上班，再想玩就麻烦了。

　　陈宏为了陪我了解长沙，很仗义地请了两天的假。我们去了坡子街，看了火宫殿的地方戏剧表演，吃了《舌尖上的中国》推荐过的臭豆腐、火锅、糖油粑粑等各种特色小吃。

　　去了太平街，逛了贾谊故居。去了开福寺和橘子洲头，还爬了岳麓山，逛了岳麓书院。第一天的行程安排得满满的。如果不是时间太紧，陈宏还想带我去靖港古镇逛逛，据说某知名主持人在那里买了房子，想留作以后退隐居住用。

　　说实话，长沙值得吃的逛的地方确实多，但真正有人气的是湖南卫视，陈宏说以后有机会，可以带我去现场看《快乐大本营》和《天天向上》，不过这个计划，一直到后来陈宏和我相继离开长沙也没有实现。

　　第二天我们去了天心阁，去了湖南省博物馆和简牍博物馆，看了千年女尸和无数的竹简。中午在火车站旁边的湘菜馆吃了永州血鸭，然后约上袁媛一起，去了黑麋峰国家森林公园。

这个公园在市郊，从我们的住处开车过去要两个小时。这本来是陈宏想去的地方，他一直没去，刚好趁我来了，就带我一起去逛了一圈。

比起岳麓山，黑麋峰的可玩性只是稍稍强了那么一点点。不过周末到这里烧烤聚餐确实不错，平时也蛮多人在这里赛车的。因为有我未来的上司在，黑麋峰之行我玩得非常拘束，袁媛倒是一路都很开心，一副吃定了我的样子。

两天结束，长沙可玩的地方我们基本上全逛了，剩下的特色书店和咖啡馆就只能留给我自己一个人慢慢踩点了。我们约好了以后有机会再三个人一起去一趟衡山。

长沙去衡山很方便，有直达的高铁，自驾游往返也不过两三个小时。我们还约好了住在半山腰，早起爬山看日出。不过这个心愿，也和去现场看《快乐大本营》《天天向上》一样，最终也没有实现。可以说我刚到长沙时思考过的无数宏伟的平凡的计划，都在后来被抛诸脑后，当然，这里说的计划，不包括谈一场轰轰烈烈的恋爱。

都说湘妹子美艳动人火辣热情，美艳动人，我在邻居和袁媛那里体会到了，火辣热情嘛，目前还不觉得。当然，也可能是我

做我平淡岁月里的星辰

初来乍到，认识的人还太少。

● 06 ●

正式上班的前一天晚上，我做了个梦，梦见住在对门的女生变成了白雪公主，梦中全是无法描述的情节。第二天醒来我就去敲陈宏的门，问他对门住的女生是什么来历。

他睡眼惺忪地从被窝里探出头来，反问我道："对门住的是女生吗？我怎么不知道？漂亮吗？"

如果不是认识多年，我会以为他在装傻。陈宏这个人，在街上遇到回头率百分之五百的女生，都不会引起他千分之一的注意。对门这个女生虽然美貌可爱，但遇到陈宏这样的邻居，还真的是如空气一般，存在又不存在。

我只能靠自己了。

收起欲念后，我开始洗漱，要为第一天上班做好准备，要打起精神。我倒不是有多热爱这份工作，而是不想辜负陈宏和主编大人的期待。有才华的人嘛，就是要充分发挥自己的才华，这样才不算是浪费。

可惜等我信心满满抵达杂志社的时候，才发现对于新人来说，着急施展才华，不如先学着快速融入环境。

　　不仅仅是我这么想，袁媛也是这么安排的。办完入职手续，她就叫我去开会，我以为这么快就让我着手新工作了，结果只是给我个下马威，让我负责会议记录。

　　我明白她的小心思——别以为你在外面很厉害，到了我这里，一切都得听我的，就算你是文曲星下凡，该端茶倒水的时候，就给我老老实实端茶倒水。工作态度比工作能力重要。我这个人，这么多年一直活得很拧巴，其实袁媛要是不来这一手，让我老老实实待着，我就老老实实待着了。我也可以配合她演戏，做好会议记录，就像她昨天没有那么熟络地跟我聊天一样把她当上级。

　　向我介绍完所有同事，向所有同事介绍完我之后，袁媛就把我当空气了。其实所谓的所有同事，只有四个人。负责带我的即将离职的文字编辑，负责摄影的摄影师，负责策划的策划编辑和我。

　　在杂志日常选题会议上，策划编辑还带了一个旅游达人，说新一期的杂志主题是旅行，我们可以多问一些关于旅行的问题。

　　因为是文字编辑负责具体的主题写作，所以问题都是她在问，如果旅游达人配合点，其实这个会议会很轻松愉快，结果他偏偏要卖弄。

　　这个世界上就是这么多优越感爆棚的人，而且是莫名其妙的优越感。

文字编辑问他："可不可以讲讲你去过哪些地方，哪里印象最深刻最好玩？"

旅游达人说："这个问题很难回答呀，我不像你们，偶尔放假出去玩几天，看见什么都觉得新鲜，我大半年都在路上，旅行对于我来说是日常，我觉得一切都差不多。"

文字编辑说："那总会有不一样的地方吧？就算风景大同小异，人呢，不同地方的人生活方式都不同吧？"

旅游达人说："提到生活方式，其实我觉得现代人的生活方式很奇怪，像傻子一样，像驴拉磨一样蒙着眼睛在生活。"

● 07 ●

听着旅游达人吹牛，我心里暗暗不服，心说你才去过几个地方，就觉得看透了世界，还跟我扯什么生活方式，简直是班门弄斧。于是我反问道："此话怎讲？"

我刚说出口，袁媛就白了我一眼，那神情就一句话——你不用插嘴，让他们聊。

旅游达人接着我的话茬儿说道："现代人喜欢把人生分为上

半辈子和下半辈子，其实人生根本没有上半辈子和下半辈子。如果你按照时间划分，觉得人生百岁，五十岁前是上辈子，那你到四十九岁死了，这种划分方法就不管用了。如果你按照成就划分，觉得有车有房后是下半辈子，那你突然买彩票中奖了，岂不是立刻进入下半辈子了？"

我听得云里雾里，心说不是聊旅行吗，怎么聊上人生了？要说人生，你这么个小屁孩知道什么人生啊。

于是我忍不住又问了一句："你今年多大了？对人生居然有这么深刻的感悟。"

袁媛听出了我的嘲讽，又白了我一眼。但是旅游达人没听出来，他喝了口茶，慢悠悠地回答我道："三十了。"

我心说你大半年在外面玩，多让父母担心啊。不过这不关我的事，我们还得做好旅行主题。于是我清了清嗓子说："三十岁，说大不大，说小也不小了，别人都在奋斗，你身为一个男人不扛起社会的责任还在玩，你对父母对社会有责任心吗？想过回报社会吗？"

"我爸妈不管我。"

"爸妈不管你，你没想过管爸妈吗？很快爸妈就老了。不过这跟我们没关系。我们主要想听旅行的事情。一开始问你去过哪里，

做我平淡岁月里的星辰

哪里最好玩。你扯一堆没用的。你大半年在外面玩，怎么会没有好玩的地方？我上十年在外面玩，旅行就是我的工作，我还能玩出新鲜感和乐趣呢，你怎么就没有好奇心了？"

袁媛干咳了两声，我知道她在示意我说话过分了，可我就是见不惯小小年纪就卖弄的人。我接着说道："远的咱不说，就国内，内蒙有阿斯哈图石林，宁夏有沙漠盐湖草原，大理有苍山洱海，丽江有湿地古城，香格里拉有雪山，这些地方都很好玩，怎么在你那里就不值一提呢？"

"我只去过西藏和尼泊尔。"旅游达人擦了擦汗说道。

"那就聊聊西藏的风土民情吧，聊聊那里的雪山草原喇嘛庙。"带旅游达人来的策划编辑打着圆场。

"说到西藏，很多人到了西藏就觉得牧民日常生活太原始，厕所都没有，灶台也很脏。其实这是把自己的生活方式强行加在别人身上。人家那样生活，有人家的原因，我们没有资格去指责别人的生活方式。可能人家还觉得我们都市人的生活方式很奇怪。"旅游达人含沙射影地说了一段，会场陷入了沉默。

我只好接下去："其实现在越来越多的牧民开始融入城市了，他们也买房买车，他们也热爱城市生活，如果有干净的厕所，谁愿意天天随地大小便？如果一天三餐有无数选择，谁愿意天天只吃牛羊肉？不排除有少数人热爱游牧生活的自由，但大多数人是对恶劣的生存环境望而却步的。鼓吹去深山老林吃苦和隐居的，大都是做作。很多生活在较为原始的社会的人，是没有机会接触手机电脑的，不然他们玩得比我们还'嗨'。"

会场陷入了长久的沉默，袁媛合上电脑起身离开了会议室。我做好了被开除的准备，跟着她出去了。

到了袁媛的办公室，我开门见山地说："我就是受不了别人卖弄，你要是觉得我不适合这份工作，我等下就走。"

"我昨天跟你说了，你的能力我很认可，而且我们'三观'契合，你说的很多话也都是我在想的。只是如果不端正态度，同事关系会被你搞得很僵。"

"那怎么办？"

"如果我把策划编辑开了，你能把文字编辑和策划编辑两个人的活都干好吗？"

"应该没问题。我虽然没做过杂志，可我从小就看杂志，知道读者爱看什么，需要什么。"

"OK，那我明天就给你转正升职。"

答应得痛快，做起来却是艰难的。会议结束后不久，我就看到策划编辑和文字编辑收拾东西走了，第二天上班的时候，剩下我和摄影师面面相觑。

这样一来，就不仅仅是选几篇好稿子的问题了，杂志的主题，甚至杂志的封面配图，都要我一个人提前选好了交给主编审核。稿子还好，我有一堆写作的朋友，图片就难办了，我以前完全没有接触过这块儿，非常缺乏这方面的资源。最麻烦的是主题策划，每期至少要想十个主题供主编定夺。

主题想多了，我甚至开始怀疑，我上班的第一天，策划编辑故意找了个不靠谱的旅游达人来惹主编生气，好借此逃离主编的魔爪。

● ⟨08⟩ ●

第二天下了班，我约了陈宏在小区门口的烧烤摊喝酒，正喝着，突然看到住我们对门的白雪公主出了小区，边走边跟人打听，好像是丢了什么东西。

我正纳闷呢，过了一会儿，一个长得一模一样的白雪公主又从小区出来了。我揉了揉眼，除了衣服不一样，模样和发型都一样，真是活见鬼了。我把我的发现告诉闷头"撸串"的陈宏，他也产生了兴趣，于是我们埋了单冲着白雪公主消失的方向就追了上去。

在红绿灯路口，我们追上了白雪公主，她在向环卫工打听，她说她丢了一条戴粉色项圈的泰迪狗，问环卫工有没有见到。

环卫工摇了摇头说："刚过去一个女孩，也说自己丢了一条戴粉色项圈的泰迪狗。一天到晚怎么这么多人丢狗。"

我瞥了一眼陈宏，说："我没说错吧，真有两个长得一模一样的女孩。"

陈宏说："奇了怪了，我在这个小区住了两年多，怎么从没见过这女孩，你刚来不到三天，就见到了俩？你真是桃花体质。"

"这个不重要，关键是先要搞清楚怎么有两个一样的女孩，难道是撞了鬼？"

"说不定是双胞胎呢，你这么关心这个，是想泡人家吗？"

"还用问吗？你愿不愿意帮我？"

"怎么帮？"

"帮我找狗。"

"有病，要找你找，我回去还要看美剧呢。"

在我的软磨硬泡下，陈宏还是没有答应帮我去找狗。但缘分天注定，我们没有去找狗，狗却来找我们了。回到小区，我们就看到那条戴粉色项圈的泰迪狗正在楼道里啃别人扔掉的一个苹果核。

做我平淡岁月里的星辰

　　为了避免狗再跑丢，我就把狗带回家了。上楼时陈宏不住地唠叨，说他受不了狗味和狗毛，而我却觉得，他是受不了我犯花痴。

　　到了家里，我想给狗狗洗个澡，却发现自己没有狗狗专用的沐浴露。想喂它吃饭，却发现没有狗粮。陈宏嫌我较真，从冰箱里随便拿了根火腿肠丢到了地上，那泰迪狗冲过去三下五除二就给吃了个精光，吃光后还舔了一会儿地板。由此可见，主人平时一点儿也不惯着这狗。

　　陪狗玩的时候，我一直听着门口的动静，听到开门声了，我就抱着狗开了门，然后就看到了两个一模一样的白雪公主。

　　"我看到你们在找狗，就帮你们去找，找到后不知道怎么找你们，我就给带回来了。"说着，我把狗递给白雪公主之一。

　　"太感谢了！我都急哭了。来来来，到家里来，我给你切西瓜。"接了狗的白雪公主主动邀请我，另外一个白雪公主白了我一眼就自顾自地回去了。她翻白眼的时候，我认出了她就是那天那个帮我拔钥匙的女生。

　　"我叫苏仕，叫我小苏就好了，你们怎么称呼？"

　　"苏仕？你怎么不直接叫苏东坡？"帮我拔钥匙那个女生笑了笑，打开冰箱抱了西瓜出来，放在了茶几上。

　　"悦悦，不要跟人乱开玩笑。"抱狗的女生放下狗，去厨房洗了手拿了把水果刀，出来的时候，她自我介绍说："我叫徐子琪，你叫我琪琪就好，我妹妹叫徐悦琪，你叫她悦悦吧。"

"别，刚认识，叫我徐悦琪就行。"

"也不算是刚认识，你前两天帮我拔过钥匙。"

"好吧。那我们也不熟。"

"悦悦！人家帮我们找回了乔巴，你怎么能这样跟人说话？"

"没事没事，姐姐别生气，它叫乔巴啊，真是可爱。"说着，我去玩狗了。

"来吃西瓜，悦悦，客人还没吃，你怎么自己先吃上了？"

09

吃完西瓜，我大致搞清楚了。这条叫乔巴的狗，是姐姐徐子琪捡来的，但是姐姐是个小演员，平时要拍戏赚钱没空养狗，就让"宅女"妹妹来养，但是妹妹自己都养不活，经常不管这狗。

狗这次跑丢，就是给饿的，在家没吃的，徐子琪回来的时候，门一开它就跑出去了，等徐子琪追到楼下已经不见它了。

于是就出现了开始那一幕，姐姐出去找狗，找到一半着急了打电话让妹妹也出来找，然后我也跟着去找了。

不仅仅了解到了这些，还了解到姐姐徐子琪是个片酬不高的演员，妹妹徐悦琪是个完全不工作的模特。而我在杂志社上班，业余还爱写点小说这些事情，我也告诉了她们。我们三个就此，算是交了朋友。

聊天期间我一直想邀请他们到陈宏家里，吃点陈宏做的泡菜和烙饼，但姐姐一直忙着喂狗和给狗洗澡，妹妹一直忙着打游戏。我觉得邀请了也是自讨没趣，等姐姐喂完狗，我就告辞了。

回到住所，看到陈宏臭着一张脸，问我是不是写重色轻友的角色时特别得心应手，因为照照镜子就可以了。

我没理睬他，自顾自地哼着歌去洗澡了。对于我来说，已经到了可以睡觉的时间了，睡醒了还有大量工作要做。

为了扩大杂志社的图片库，我决定搞一场选美比赛，这样我们就能拿到无数美少女照片的版权，说不定还能选出几个可以长期合作的模特。而且刚好徐悦琪没有工作，如果比赛办得成功，我想说服她也参加。

袁媛非常支持我的计划，可能对于职场人士来说，最幸运的事情就是拥有一个好的上司，肯给你机会去尝试和经历，哪怕失败，她也不会因此看轻你，甚至会把你的失败揽到自己身上。

我是讨厌任何失败的人，比所有人都讨厌。别人失败了可能只是哭一场，大醉一场，神经质几天，而我会尝试各种结束自己生命的方式，不是输不起，而是每次失败都会让我想起那些不堪回首的经历。我到南方来，从某种程度上来说，也是逃避那些经历。

一个新城市，一份新工作，一个新恋人，可以使人从任何不快乐中解脱出来，为了这份新的解脱，我没有理由不全力以赴。

杂志给了我足够的广告位，封面封底和整整六页的内页，都在介绍比赛的赛制和福利，没有别的目的，就是为了让人觉得我们杂志社对这个比赛足够重视，我们不是办着玩的，不是随便花点钱试试水的。我们甚至联系了总公司广告部的人，在公交站台和电视台以及几个大型的社交网站投放了广告。

杂志上市的第一天，我一直坐在电脑前，登录海选邮箱，等着第一份选手资料的到来。我想第一个人，无论她长相如何，有没有才艺，我都要给她个通过海选的机会。

10

让我意外的是，我收到的第一份资料，就是徐悦琪的。我可以肯定她不知道我在这家杂志社工作，这个城市有太多杂志，我只对她说我是个杂志编辑，而她也一直不感兴趣。我甚至觉得收到她姐姐的资料都比收到她的正常。

　　我一直觉得她应该是看透了名利，是一个云淡风轻，不喜欢一切竞争的人。但从她毫不犹豫就参加这个比赛，并且资料准备得这么齐全来看，她这些年应该一直在尝试给不同的平台投稿，但一直被拒绝。

　　我本来想，过几天我带着杂志，找个机会去敲她的门，跟她说这件事情，结果她自己投稿来了，倒是省了我的麻烦。之前她连电话号码也不肯给我，现在她投来的资料里连她的三围、身高、体重、爱好甚至成长经历都写得一清二楚。

　　带着欢喜的心情，我拨通了她的电话，本想恭喜她通过了海选，可以来杂志社复选了，结果电话却是关机状态。我看看时间，已经中午十一点半，她也许还在睡觉。但如果在睡觉，又是怎么投来这份资料的呢？不管是因为什么，我欢喜的心情都减弱了一半，因为我觉得良好的作息是决定一个人成功的关键。

　　我曾经看过一份讲作息和自制的资料，说李嘉诚不管几点睡觉，早上都会在五点五十九分起床，然后运动，看书，处理工作，几十年不变，自制得近乎自虐。乔布斯年轻的时候，更是每天凌晨四点就起床准备工作了。乔布斯还说，自由从何而来——从自信来，而自信则是由自律自制而来。

　　的确，一个人如果连早睡早起这样的小事都做不到，还能指望他做成什么大事呢？所以我对自己的作息也有严苛的要求，尽管我没有什么宏大的梦想。

　　过去看电视，看到那些特种兵训练，解说员说那些特种兵之所以有钢铁一样的身躯，除了锻炼，饮食规律不沾油腻也很重要。如果睡眠和饮食规律都很乱，不管是谁，都活不长。活不长，在时间上就输给了别人。活着的时候有病，在质量上就输给了别人。

　　因为徐悦琪的电话关机，我想了很久，都想好了怎么去劝说她注意早睡早起。至于饮食习惯，对于年轻女孩来说，我估计一时半会儿她是听不进劝的。

　　等到吃了午饭，我冒着打扰她午休的风险，又打了个电话，这次她总算是开机了。我没有透露我的身份，在电话里非常正式地通知她通过了海选，我本来以为，接到这样的通知她应该很开心，结果她却盘问起了我在家什么样的杂志社。

　　"不知道我们是什么类型的杂志，怎么就投了资料参加了我们的比赛呢？"

　　"那应该是我姐发的，她天天群发我的资料，我一天能接十多个面试电话。"

　　"那你怎么不去面试呢？"

"没有好工作，有好工作我肯定去了，哎，跟你说这个干吗？你还没说你们杂志是什么类型的杂志呢！"

"你来了就知道了。稍后我会发短信告诉你地址和时间。"

"你怎么知道我会去？"

"来不来你自己决定，我只能告诉你，这是一个可以让你成名，让你在短时间内赚到十万块的机会。"

说完我就挂了电话，说实话，这个电话打得我很沮丧，不是因为徐悦琪不知道我们杂志，也不是因为她参加比赛是她姐姐投的资料，而是自始至终，她都没有听出我的声音。因此可见，即便见了两次面，聊了上百句话，她对我还是没什么深刻印象。

11

整个下午，我都在等徐悦琪，她没有来，也没有回复我发给她的通知复选的短信，我甚至担心她没收到这条短信，想了很久，我还是抑制住了再发一次的冲动。太主动了她可能会排斥，甚至会觉得我们杂志社是个诈骗团伙。毕竟现在骗财骗色的人和事太多了。

我必须稳坐钓鱼台，姜太公钓鱼愿者上钩，就算她不上钩，我也要等几天，再亲自下河去捉。

当天下班回家的时候，我在楼道里待了很久，假装在打电话，其实是在看能否偶遇徐悦琪，可惜缘分这个东西来去无影踪，我等到天黑也没等到她的影子。

我是陷入爱情里了吗？我想是的。虽然这可能是我刻意制造的爱情，但毕竟是第一次一见钟情。我相信我是爱上了徐悦琪，而不是爱情本身。尽管这份爱此时还很浅薄，只停留在皮相上。可这个世界上，大部分爱情不都是从容貌吸引，再到了解灵魂的吗？

回到住所，陈宏已经做好了晚餐，他吃了自己那份，留了一份给我。这些日子他一直在家"宅"着，我工作不久他就辞职了。他说他想换一种环境，但就我目前所看，他所谓的换个环境，不是去旅行，而是"宅"在家里过看连续剧的瘾。就像《猜火车》里的男主角懒蛋。不能否认，我们这一代，有点像"垮掉的一代"，我们乐于享受，而懒得创造。我们不想把世界变得更好，不被我们搞得更糟我们就满足了。

我简单地吃完饭，洗漱了一下就睡了。生活开始变得简单和重复，但并不单调，因为有了对徐悦琪的这份关于爱情的期待，我甚至觉得动力满满，每天晚上都做梦，梦里笑啊跳啊的都是徐悦琪。如果说爱情是我证明自己存在的唯一动力，那么没事烙个饼做个菜就是陈宏证明自己存在的唯一动力。我们就靠这点事情麻醉着自己，幻想自己和别人从根本上是不同的。

第二天一早，我刚打开门，就看到了打扮得美轮美奂正在锁门的徐悦琪，她朝我做了个鬼脸，算是打招呼，然后匆匆地下了楼。

我紧紧跟过去，目送她上了一辆出租车，然后我就去了公交车站。等我坐着公交车慢悠悠晃到公司的时候，在公司门口，又看到了徐悦琪。

我平时来得比保洁阿姨还早，她则来得比我还早。经过昨天一个下午的等待，我以为她不会主动来了，结果我还是猜错了。

"你怎么在这里？"我先打了招呼。

"你又怎么会在这里？玩'痴汉'跟踪？"她玩着手机，抽空回了我一句。

"我就在这里上班啊。我不是跟你说过我在杂志社工作吗？"我走近了一步，输入密码打开了公司的玻璃门。

"我晕，昨天给我打电话的不会是你吧？"她总算把手机放下，把注意力放在了我身上。我估计昨天我打电话的时候她一直在玩游戏。

"不然还会是谁？我昨天等了你一下午，以为你不会来了。

你先随便坐，我去给你倒杯水。"说是随便坐，我还是给她指了指那间用来面试的办公室。

"我要知道是你打的电话我真不会来了。"她站着不动，还真是一副不想跟我有任何瓜葛的态度。

"现在走还来得及。"我欲擒故纵，边说边去饮水机接了杯水。

"我本来也没想来，是昨晚跟我姐说起这事儿，她让我来的，我不来她就要断我的粮草了。我姐你见过的，就是一夺命阎王。"她接过了我递过去的水，但还是站着没去坐。

"我觉得你姐挺好的，我做梦都想有个这么体贴照顾人的姐姐。"我只好陪她站着。

"那你去追她吧，我姐正缺一男朋友，有了男朋友估计她就没时间管我了。"她喝了一口水，我真后悔没有在水里放点什么，辜负了她对我的"信任"。

"可我喜欢的是你。"我已经被她喝水的可爱的样子弄得意乱情迷。

"油嘴滑舌。"她把水杯递给了我，转身要走。

"真要走啊。"我说出这句话的时候，她已经出了公司，朝电梯口走去。与此同时，我的摄影师同事拎着相机包走到了公司门口。

做我平淡岁月里的星辰

"早啊苏苏。"摄影师是个"娘炮",给公司每个人都取了外号。只有袁媛幸免,因为袁袁和媛媛听起来都和袁媛差不多。

"早,我叫了朋友来拍照,你相机借我用一下。"我灵机一动,想出了个好办法。

"不用我把人也借给你吗?"摄影师肉麻着,把他手里的相机包递给了我。

"不用,你老老实实在公司修图吧,媛姐来了记得跟她说我出去拍照了。"说着我飞速追到了电梯口,她还在。

"来都来了,拍点照片再走吧,我们杂志现在非常缺模特,这对你来说也是好事,既有展示自己的平台,又能赚钱。"

"你是跟我姐串通好了吧?台词都一样。"

"我不知道她是怎么说的,反正我说的是实话。"

"你的实话是想趁工作之便泡我。"

"窈窕淑女君子好逑,你这么漂亮,我不追你不是暴殄天物吗?追你的同时完成了工作,一举两得何乐不为?这对于你我是双赢的事情。难道你已经有了男友?或者打算一辈子单身?"我一口气把心里话全说了。

"可我需要的男朋友是开跑车的,不是坐公交车的;是住大别墅的,不是租公寓房的。"说完,她走进了电梯。

我犹豫了一下，没有跟进去。

12

　　我站在电梯门口，看着电梯合上，那一瞬间，心都死了。我在想我为什么不跟上去，是被伤了自尊，还是觉得自己喜欢的人跟自己想的不一样？她那么漂亮，确实不应该跟我挤公交车，确实不应该一直住公寓房。我硬要追她，是跟自己过不去，是高攀。

　　我一直觉得自己挺优秀的，一直以来我生活周围的人也让着我，也有无数女孩子捧着我追求我。结果现在遇到一个我喜欢的人，我才发现，其实我根本不算什么。我连她的及格线都不到，所以她一开始对我就没兴趣。也许我能许诺她未来的荣华富贵，但她要的是现在的享乐。

　　就在我万念俱灰，转身打算回公司看稿子的时候，电梯门又开了。她笑嘻嘻地看着我说："不是说去拍照吗？不会就在你公司拍吧？"

　　"啊，不是，我们去公园，在草地和旋转木马上拍。"我回过神来进了电梯，但眉目间的惆怅还没有完全散去。

　　"怎么，被伤自尊了？做不了恋人可以做朋友嘛，你这个人怎么这么脆弱。"她看出了我的失落。

做我平淡岁月里的星辰

"没事没事，我刚才也是开玩笑的。"

"没事就好，不然我姐又该骂我了，说实话我觉得你们挺般配的，她从小喜欢读书喜欢文化人，你刚好是个文化人。"

"你不喜欢文化人？"

"你看你又找虐，我刚才不是跟你说了，我喜欢有钱人，有钱到可以开直升飞机带我去玩。所以不是你不好，是我的问题。"

"好吧。直升飞机我可能这辈子都买不起，不过你倒是提醒了我，我回去拿点 A4 纸，我们等会儿折纸飞机，我要拍你玩纸飞机的样子。"

"好幼稚。"

"不是幼稚，是青春，我们杂志就是一本青春杂志。"

回去拿纸的时候，摄影师问我打算拍什么场景，我说纸飞机、旋转木马、草地。摄影师说："你们玩得真污啊。"

我没理他，我的思维还停留在怎么从文化人变成一个有钱人这一沉重的命题上。

13

长沙市区内最漂亮最适合拍照的公园叫浏阳河婚庆公园，在浏阳河旁边，里面有很多欧式建筑，最漂亮的是一个白色的教堂，教堂旁边还有商业步行街和电影院。

浏阳河婚庆公园离我们公司很近，我本来想步行，结果走到街上发现徐悦琪已经打了一辆车在车后座上等我了，我只好上了车。

因为不是节假日，公园里人很少。看到有人在放风筝，我就在公园门口买了风筝。看到有小孩子在玩肥皂泡泡，我就买了拔出来就可以吹泡泡的塑料棒。这些都是花不了多少钱就可以玩得很开心的小玩具，很适合情侣玩，但不适合徐悦琪，她只是在配合我。

我的摄影技术一般，不过这年头只要光线好，多拍几张，总能选出角度不错的，再加上深度的后期加工，别说是徐悦琪这样的美少女了，随便拉个路人也能制造出美轮美奂的美少女来。

我们折了纸飞机，放了风筝，吹了肥皂泡泡，坐了旋转木马，最后在草地上闲聊。徐悦琪说她很久没有出来玩了，因为出来玩就要花钱，而姐姐给的那点生活费，买完化妆品就只够一日三餐了。

"那我带你去逛街买衣服买包包吧？"我刻意讨好她。

"我又没答应做你女朋友，你给我买什么包包。"徐悦琪眼睛亮了，但嘴上还是拒绝。

做我平淡岁月里的星辰

　　"今天拍的照片，肯定会用的，到时候要付给你酬劳，你就当提前把这笔酬劳花了就好了。我给你买的东西花的钱，到时候都算在你拍照的酬劳里。"这个台阶搬出来，我相信她会下的。

　　"能有多少钱？"

　　"几千块钱吧，如果你入围了选美大赛的决赛，有十万块奖金呢！"其实一般我们杂志约拍模特就给几百块的酬劳。

　　"我再想想。"

　　"别想了，我知道有家店特别适合你。"

　　其实那家店我只去过一次，还是跟袁媛一起去的，那里衣服确实好看，大都是手工制作的，当然，有多好看，就有多贵。

　　徐悦琪是虚荣心很强的女孩子，虽然品质不坏，但禁不起诱惑。我带她试了几件衣服，她都很喜欢，我就咬牙刷信用卡买了。

　　买了衣服后，得搭配合适的鞋子，我们接着逛了鞋店。买了鞋后，要搭配合适的包包，我就刷信用卡买了个限量版的包。这时候已经是傍晚了，我知道有家日本料理店的梅子酒好喝，就顺便邀请她吃了个晚餐。因为我们住在同一栋楼，吃饱喝足之后，我一直送她到家门口。

　　这一天下来，花了我两个月的工资，但我花得特别开心。舍不得孩子套不着狼，舍不得花钱，肯定拿不下徐悦琪。

在她家门口跟她说晚安的时候，我明显感觉到她对我的态度不一样了，起码不会冲我翻白眼了。我说周末有空再出来玩的时候，她也没一口回绝，而是说到时候再说。

14

当天晚上，我很神奇地没有做梦，睡得非常香甜。第二天一早，我一到办公室就给袁媛看了我拍的照片，袁媛说她很喜欢我找到的场景，只是模特的眼神看着不够纯粹。我本来还想说这模特参加了选美大赛，感觉能入围决赛，见袁媛兴趣不大，我就没提。

和喜欢的女孩子待了一天，导致我一个星期都元气满满。很快周末就到了，我买了两张电影票，约徐悦琪一起看电影。

她没有拒绝。非但没有拒绝，还打扮得很漂亮赴约了。身上穿的裙子和鞋子还有背的小包，都是我给她买的，我看着非常心满意足。

一切比我想象中还要快一些，我们看的是一部悲剧电影，讲的是青春逝去，男女主人公没有在一起，彼此都很后悔的故事。看电影的时候，徐悦琪被感动哭了，我及时地递了纸巾。看完电影，我约她去吃香辣爬爬虾，她也没有拒绝。

做我平淡岁月里的星辰

等服务员上菜的时候，徐悦琪跟我聊起了她的童年，男女主人公一旦聊起童年，就离在一起不远了，我看过的小说和电影里都是这样讲的。

只是电影里讲到王子和公主经历重重磨难终于幸福地生活在一起后，就全剧终了。如果继续讲下去，就会讲到一些让人难过伤心的事情，譬如分手或者离婚。

时间这个可怕的存在，会把一些本来不好的东西变得美好，也可以把本来美好的东西变得惨不忍睹。不过这时候的我，对徐悦琪爱意满满，我坚信什么东西也阻止不了我们相爱，并且一直爱到永远。

我们吃了五斤虾，每一只虾都是我亲手剥好放在盘子里给徐悦琪吃的。我过去从来不吃虾，不是不喜欢虾的味道，而是害怕剥虾，我觉得剥虾太麻烦了，油腻又烫手。美味虾肉的吸引力，并不能促使我把手弄油。

但是徐悦琪的存在，让我消除了对剥虾的恐惧，在剥了两大盘虾之后，我甚至对剥虾产生了兴趣。我觉得所有麻烦的事情，只要能让喜欢的人幸福开心，就都是值得的。或者说，所有让心爱的人幸福开心的事情，做起来都不会那么轻而易举。

吃完虾，我带徐悦琪去了洋湖湿地公园，那里晚上有灯会，作为长沙最大的湿地公园，那里的空气也是最甘甜的。

在我们坐在湖边的草地上，看着湖对面的城市，看着城市里一点一点亮起灯火，徐悦琪靠在了我的肩膀上，我顺手揽住了她柔软的身体。

徐悦琪掏出手机，放歌给我听，是好妹妹乐队的《你飞到城市的另一边》，我很喜欢这首歌的歌词："你飞到城市的另一边，飞了好远好远。飞过了蓝色的海岸线，飞过了我们的昨天。你呀你，是自在如风的少年。飞在天地间，比梦还遥远……"

15

从徐悦琪姐姐寄的参赛资料里我了解到了徐悦琪的三围、身高、兴趣爱好和一些经历，那些都是好的。不好的经历，没人会写进简历里。

对于徐悦琪来说，最不好的经历，就是她还在上中学的时候，爸妈就遭遇了车祸，留下她们双胞胎姐妹两个不说，还给她们留下两个上小学的双胞胎弟弟。

仅仅比她早出生几分钟的姐姐，因为是姐姐，就在父母去世后变成了家长。家里的所有财产和父母出意外的赔偿款，都被姐姐管了起来。

她之所以不愿意出去工作，一来是找不到合适的工作，二来是对姐姐封建家长式的管制很不满。

"我的想法是，爸妈留下的钱我们姐弟几个分了，现在两个弟弟也长大了，我们都有权利处理自己的人生。可是你猜我姐怎么说？我姐说爸妈没有留下钱，还留下了一大笔债务，那些赔偿款和遗产，还了债就没了。你说可笑不可笑。她现在要求我也去工作，让我跟她一起赚钱供两个弟弟上学。我要不是看在她每个月还按时给我生活费的分儿上，早跟她闹翻了。"

"那你怎么打算的呢？"我没想到徐悦琪不说则已，一说就跟我说这么深，所谓家丑不可外扬，我觉得她跟我说这些，倒不是把我当自己人了，而是实在憋在心里太久了。

"还能怎么办？等呗，等两个弟弟长大了，他们会和姐姐去斗，我就坐山观虎斗吧。我两个小弟也坚信姐姐私藏了爸妈的钱，她摆出一副长姐为母的样子努力赚钱，只是为了掩饰心虚罢了。"

"看不出来你姐还蛮有心机的，上次见面，我觉得她看着还蛮单纯的。"

"她可能装了。不过她也能赚钱，拍个戏随便几十万就到手了，所以我撮合你们，也不是坑你。"

"我都说了我喜欢的是你了。"

"当真？我觉得你油嘴滑舌的，一点儿也不可靠。"

"不不不，我倒是觉得，你是认为我买不起直升飞机，所以才不可靠的。"

"算是吧，你也不能怪我，这年头谁不需要钱？只有钱能给我安全感。其实真要在一起的话，你也不用买飞机。你能像我姐那样一个月给我五千块钱零花钱让我买化妆品就好了。"

"你答应跟我在一起了？"

"你不会连五千块都没有吧？"

"我月薪一万，每个月都可以分你一半，剩下来一半交房租，一半吃饭。"

"那就谈谈试试吧。咱们说好了，只是试试，不行随时可以分手，到时候谁都不可以死缠烂打。"

"一言为定。"

我伸出小指强颜欢笑去拉她的小指。不管怎么说，我总算得到了我想要的，虽然我知道她只是把我当个临时男友，骑驴找马而已，遇到有钱人随时会跟我分手。但也许，她永远都遇不到呢，也许，我明天就发迹了呢，那样她不就永远不会离开我了。

16

确定恋爱关系后，我每天都跟她一起吃饭一起看电影，还带她去了几次公司，介绍她给袁媛等人认识，她也介绍了她两个混世魔王小弟给我认识，我一人送了一台电脑算是姐夫给小舅子的见面礼。

两个小舅子一个叫徐然，一个叫徐鹿。除了钱花完的时候，平时他们基本上不会出现在徐悦琪的住所。

就长沙的地理位置而言，徐悦琪的住所在河东，徐然和徐鹿租的房子在河西，来回只需要三个小时的车程，虽然他们在学校没什么课，但总是能找出各种理由来避免跟两个姐姐见面。

而徐子琪呢，作为签约演员，一进剧组少则两三个月，多则半午，自从那天找狗，我就再也没见过她。所以徐悦琪和她的住所，后来就变成了我和徐悦琪的住所。陈宏见我经常不回去吃饭也不回去睡觉，干脆饭也不做了，后来甚至换了门锁。

等到再次见到徐子琪的时候，已经临近春节，一见面她就跟我说谢谢，说自从我出现，妹妹就不找她要生活费了。她打算请我在长沙最好的酒楼吃饭，我顺便叫了陈宏一起，算是缓解一下我和他的关系。我固然是重色的，但并不轻友。徐子琪回来的当晚，我就搬回去跟陈宏一起住了。

在酒楼吃饭的时候，徐子琪问起了选美大赛的事情，我才想起来，一开始是她发徐悦琪的资料给我，如果不是她，我可能一辈子也拿不下徐悦琪，所以我连敬了她三杯红酒。

"照你这么说，我们家悦悦肯定可以拿冠军了？"徐子琪开心地问道。

"反正至今为止，我们还没有遇到比她更合适的人选，主编内定了三个人，其中就有悦琪，现在只需要从她们三个里选冠亚季就可以了。我肯定是投悦琪一票的，主编看我的面子，肯定也会把冠军给她。"

"那这算不算潜规则？"

"哎呀，姐，你真是大惊小怪，你在剧组，这样的事情不是天天发生？"徐悦琪不高兴了。

"我不是那个意思，我的意思是说，你本来就可以凭借实力做冠军的，没必要靠关系。"

"我的事情你不要管。"徐悦琪放下了筷子，感觉再不由着她，她就准备拍桌子走人了。

"换个话题，换个话题，姐姐你回来了，是不是把你的狗也接回来？"徐子琪出去拍戏的时候，怕徐悦琪再把狗搞丢，就把狗寄养在了朋友家里。我也是急于转移话题，没话找话说了这么一句，说完就后悔了。因为狗回来了，徐悦琪肯定不高兴。但说出去话如泼出去的水，只能听天由命了。

"是要接回来，我下一场戏开拍要到冬天了，这次回来会在长沙待好久。"

"冬天走的话不用把狗寄养朋友那里了，我喜欢狗，我来养。"说完这句话之后我想起来，陈宏不喜欢狗。

陈宏在饭局上一直没怎么说话，回到住所后我问他，他还是那句："我觉得你和徐悦琪不太合适，你继续这样，会把自己的人生都耽误了。"

"你就是羡慕我泡了个美女，就是觉得我重色轻友。"

"你要是还这样想，我就没什么可说的了，你早晚会明白的，你们根本不是一类人。"

"你又不是我爸妈，管我那么多干吗？你要是怕狗，等徐子琪走了，我去租一套房子，我自己养狗。"

"你养？徐悦琪愿意？"

陈宏一句话噎得我半天没吭声。那天吃完饭，徐悦琪脸色非常难看，我本来想约她看电影，电影票都买好了，但是她说身体不舒服，回家了。到家后还给我发了条短信——我觉得你跟我姐挺聊得来的，要么你俩好得了。

徐子琪回来的第二周，我组了个大饭局，叫了徐然和徐鹿，还有陈宏和袁媛，除了吃饭，还在KTV订了包厢，结果其他人都到了，就徐悦琪没有来。

她跟我说她约朋友去谈合作了，其实我知道她根本没什么朋友，但我不想拆穿她，我想她要是忙，我就先跟她的家人搞好关系吧。亲情毕竟不比别的，能够挽回的，我觉得就不能轻易割舍。

吃完饭唱完歌，袁媛说有话跟我说，我就上了她的车，车开出KTV没多远，她就停下了，问我："你真打算让徐悦琪拿冠军？"

"她具备拿冠军的资格。"

"这种事情仁者见仁智者见智，前三名都有拿冠军的资格。我问你这个，是想告诉你，你和徐悦琪的关系是情侣，如果让她拿了冠军，你的职业生涯就会有污点，以后要是有人拿这个冲你泼脏水，你百口莫辩。"

"随便别人怎么说，我从来不在意别人怎么说。我问心无愧就好了。"

"那好，那明天的颁奖典礼，你记得告诉徐悦琪别迟到了。"

十万块钱奖金对于徐悦琪来说不是小数目，我不担心她会迟到，我只担心拿到这个奖之后，我对她的价值就所剩无几了。她已经很久没有陪我看电影了，我每次吻她，她也是蜻蜓点水草率应付。如果没有徐子琪在，我还可以找理由留宿，徐子琪回来后，我连住在徐家的机会也没有了。

17

颁奖那天，徐悦琪打扮得像个女王。我走在她旁边，像她的仆人，一点儿也不像她的男朋友。女王是不需要男朋友的。

关于打扮，徐悦琪真的很在行。不仅是出门，在家她也喜欢打扮自己。我曾经觉得她这样太累，温婉地劝说她，在家可以做自己，可以自由点，披头散发我也不介意。

结果她把我臭骂了一顿，说我不识好歹，她好心打扮给我看，我还不领情。我真是冤枉死了，我只是想让她轻松一点而已。

颁奖颁的是现金，之前说好了，拿到奖金之后，她会分我一半，让我先还信用卡，等过阵子我经济宽裕了，我再把她分我的钱还给她。

结果拿到钱，她就消失了。

她跟我说她去上个厕所，我说我帮她拿包，她说不用。结果进了洗手间，我就再也没见她出来。后来问了别人，才知道那个商城的洗手间有两个出口。

我打电话她不接，我只好回家等她，刚到家就收到了她的短信——我们分手吧，我要去国外散散心，你多保重。

是的，就这么简单。她就这样结束了我们半年的恋情，分手这么重要的事情，她连个电话都舍不得打，只发了条短信。

我把电话打过去，她已经关机。

我去敲她的门，开门的是徐子琪。她一早就知道了，徐悦琪收拾东西去机场的时候，她还劝了徐悦琪，可是这个妹妹，没钱的时候还会听她劝，有了钱，根本不会理她。

徐子琪告诉我，机场有个"富二代"在等徐悦琪，他们已经在一起很久了，只是一直瞒着我而已。

我戴着绿帽子，回到了自己的住所。幸好陈宏不在家。

我躺在床上，感觉身上所有的力气都蒸发了，回忆起来，思维都是疲惫的，头越来越疼，像被人用刀劈成了两半。我只想睡觉，可是有时候，睡觉的力气都没有了。

和徐悦琪在一起的这半年，时光过得飞快。我只记得我看了无数电影，买了无数包和衣服，我还欠朋友很多钱，提前预支了很多个月的工资。抛开这些，我都不记得这半年我是怎么过的。

和徐悦琪的恋爱，像是在云中漫步，没有一步是让人心安的，只是看着美好罢了。如今她一走，我就从云端跌落，竟有一种踏实感，好像期待已久的正常日子终于回来了。

但毕竟是和我很喜欢的人分开了，回到正常日子的第三天，我就崩溃了，我向袁媛请了长假，我想我需要时间来调整我的心态，不然我可能会疯掉。

就像赌徒，明知道赌了就有输赢，但真输了，还是不愿意相信，不愿意面对。

18

这半年我不记得向陈宏借了多少钱，他对我寒心，我也是理解的，换成我是他，也会觉得苏仕这个朋友是个重色轻友的白眼狼。

我想起每次我一边笑着说养美女费钱，一边从他钱包里拿钱的时候那种嘴脸，其实并不比徐悦琪高尚多少，甚至比她更恶劣。她对我的伤害有多深，我这半年对陈宏的伤害就有多深。

而陈宏非但没有怨恨我，还在我和徐悦琪分手后，帮我还了我借网络上那帮朋友的钱，那帮人因为我迟迟不还钱，已经开始在圈子里"黑"我了。我虽然不怎么混圈子，却也不想担个欠钱不还的恶名。

陈宏说，我相信你，这次分手对你来说是好事，你从此改过自新，未来还是可以很厉害的。

可是我不相信自己。我开始借酒消愁。

最后陈宏也没办法了，他说，你要作践自己也可以，先把欠我的钱还给我。没钱，可以拿稿子抵债。

所以为了还陈宏的钱，我在万念俱灰的状态下又写起了小说。并且在网络同步连载，读者打赏的钱，全部用来抵陈宏的债。

欠的钱太多，导致稿子写得很长。

稿子写完的时候，整个冬天都过去了。我这才想起来，我已经几个月没出门了。这几个月吃喝都是叫外卖，我活得像个机器人。

徐子琪来看过我几次，每次都跟我道歉，带一些她做的糕点或者水果拼盘。后来陈宏在门口堵住了她，说她总来影响我写作。他还说不看到徐家人，我好得更快些。

其实我觉得我已经好了。如果不见到徐子琪，我都想不起来徐悦琪长什么样子了。我的脑海里除了还债，再没有别的念头了。

小说写完之后，我把文档发给了陈宏一份，让他去出版卖钱，我们之间的债务，自此也一笔勾销。一开始我觉得这笔买卖，陈宏是亏的，因为他借我那些钱，足够让我写十部这样的小说了。

做我平淡岁月里的星辰

　　一个月后，陈宏告诉我，他把我写的小说卖出了影视版权和游戏版权，卖的钱偿还了债务后，还剩余二百多万。他已经把钱打到我的账户上，让我省着点用，别再拿去玩女人了。

　　看着账户上的钱，我第一次感觉到才华的力量。我以前也出版过一些书，也赚到过些钱，但从未一次赚到过这么多钱。

　　我突然发现，徐悦琪的话是有道理的。钱很重要，不仅能给人安全感，还能给人勇气和信心。如果你的钱没有给你勇气和信心，那只能说明你的钱还不够多。

　　在长沙这样的地方，当年二百多万可以买四五套房子。我光棍一个，买一套就够了，剩下的钱，我一半存了银行，一半买了辆奔驰。

　　买好房子，我就把时间全用在了装修上。装修完，我就出去旅行了，在云南住了两个月，在拉萨住了两个月，感觉房子里的甲醛挥散得差不多了，我就搬进了新家。

　　搬家的时候，我看到了独自一人拖着大箱子的徐悦琪，她的样子很落寞。近一年没见，她瘦了很多。

　　我没理他，跟我一起搬东西的陈宏也没理她。

　　城市很大，我想我从这里搬出去后，可能再也见不到她了。说不难过是骗人的，可仅剩的一点自尊心，成功地阻止了我跌进同一条河里两次。

开奔驰离开小区的时候，从后视镜里，我看到徐子琪下了楼，帮妹妹搬起了行李。我想她们肯定会聊起我。

我想也许在徐悦琪眼里，我依旧没什么了不起，我依旧买不起直升飞机，甚至连跑车也买不起。买辆奔驰就用掉了我大半积蓄，这样的我，依旧配不上她。

19

我搬到新家后，陈宏把他的行李也搬了过来，不过他不是搬过来跟我一起住，而是打算离开这座城市，去北漂。

送他走的时候，他叫了袁媛一起，这样又回到了我们三个第一次见面的那个餐厅。点的依旧是那几样菜，只是聊起来，大家都不是很愉快。

陈宏走的时候，带我去见了买我版权的影视公司的负责人。过去都是陈宏在负责，类似我的经纪人，如今他要撒手不管了，我有种再次失恋的感觉。

在云南和拉萨的时候，陈宏让我把小说改成了剧本，这次见影视公司负责人，就是谈具体的拍摄事宜。他们希望我能跟着剧组一起，随时可以根据拍摄需要对剧本做一些调整。

我非常期待看见自己塑造的人物出现在大银幕上，所以一口答应了。等到了剧组，我才发现，这家影视公司，原来就是徐子琪签约的影视公司。

我打电话给陈宏，问他为什么会这么巧。陈宏说："你的影视版权能卖出去，徐子琪也有一份功劳，她其实很多年前就是你的读者，她跟我说他们公司需要好的故事，你和她妹妹的事情她一直觉得过意不去，所以我就接受了她的好意。"

"那为什么不一开始就告诉我？"

"我怕你不答应。你的性格你自己也清楚，自毁前途的事情你不是干了一次两次了。"

"我没法面对她，她和她妹妹太像了，我没法面对那张脸。"

"你已经签约了，这是你的事情，你如果违约，要把房子车子卖了当违约金，我也不拦着你，我这里还有一摊子事情，你的事情，你自己做主吧。"

挂了电话，我看了看远处正在拍戏的徐子琪，她已经第三次跳进冰冷肮脏的湖水里了，导演还是不满意，她正准备跳第四次。我心中暗想，演员在银幕上看着光鲜，其实背后挺不容易的。不过我并不是很同情她，因为一开始，她妹妹就跟我说过，她是个很有心机的人，小小年纪就私吞了父母遗产。

反正只是履行工作义务而已，我尽量避免和她接触就好了，这样想着，我说服了自己，留在了剧组。

不过剧组就那么大，即便刻意避免，还是会遇到。而且她有事没事总是找我，每次找我还都是聊戏，聊她对人物的理解。这是我工作范围之内的事情，我也不好拒绝，只好跟她聊。

聊多了，我渐渐发现，她是挺真诚挺较真的一个人，跟她妹妹完全不同。从她拼命拍戏上可以感觉到，她不是心机很深的人，私藏父母遗产不给妹妹这样的事情，她做不出来。于是有天聊完了戏，我就问她："你妹妹误会你私藏了父母的遗产不肯分给她和两个弟弟，你跟她解释清楚了吗？"

她一愣，似乎觉得我问得太突兀了，但我快言快语惯了，接着说道："你要是不方便跟我说，可以保持沉默，我只是觉得，你不像是你妹妹说的那种人，所以才有此一问。"

"我原先以为她只是胡思乱想，没想到她跟你也这么说。我爸妈如果留下很多钱，我就不会这么辛苦出来拍戏了。"说完，徐子琪重重地叹了一口气。

"这些年都是你在养你的弟弟妹妹？"

"算是吧，他们都很有出息，他们自己有时也会赚钱。"

"你真是有良心的姐姐。"

"有什么办法呢？要是爸妈没走那么早，我就不用这么累了。"

"我爸妈也走得早，我就没像你这么累。不该你扛的，没必要硬扛。你扛了，人家也未必领情。"

"你有弟弟妹妹吗？"

"没有。"

"那就是了，你们这种独生子女，是无法理解我们的。"

在剧组久了，我也认识了几个朋友，其中有几个是和徐子琪同一批签约的，还有追过徐子琪的，都被徐子琪拒绝了。他们说徐子琪是工作狂，谈恋爱的时间都没有，谁要是能追到徐子琪，那绝对是情圣。

这些人的评论，让我对徐子琪的看法又改观了不少。想想也是，徐悦琪的话怎么能当真呢？她眼中自私的姐姐，在正常人眼里，应该是完美的道德典范。

一旦有了好感，就会催生很多相应的情愫，虽然我们还是跟平时一样聊戏，聊人物。可是渐渐地，我们都知道，和对方在一起的时候很愉快，分开一会儿就会有些失落。

但我有时候需要关起门来改剧本，她有时候需要去剧组驻地之外的地方拍戏，我们分离的时间还是挺多的。

好在戏很顺利地拍完了，我们都拿到了酬劳，兴高采烈地坐同一班飞机回了长沙。我一直送她到小区门口，约好了第二天一起吃饭。

结果到了第二天，她不是一个人来的，身边还跟着徐悦琪。

徐悦琪依旧是那么花枝招展，虽然两个人长相差不多，可是熟悉之后就会发现，一个人永远性感妖娆，一个人永远素颜。

我过去以为自己是喜欢性感妖娆的，就像年轻人都喜欢辛辣刺激的食物，随着年龄的增长，才能发现粥的好，简简单单却最养人。如果说徐悦琪是麻辣烫，徐子琪就是一碗小米粥。

"我今天带妹妹来呢，是想让她跟你赔个不是，你们郎才女貌，这么般配，而且曾经深爱过，不应该就这么错失了彼此。"徐子琪说这番话的时候，刻意避开了我的眼睛，我能听出她的言不由衷。

"我的确曾经深爱过悦琪姑娘，但悦琪姑娘从来没有深爱过我这个穷光蛋啊。"我喝了口茶，自嘲道。

"以前是我不好，我浅薄虚荣，我已经受到惩罚了。你再给我一次机会，我一定好好对你。"徐悦琪一改往日的嚣张跋扈，第一次在我面前说软话，说得我都心疼了。我承认，我就是贱。

"是啊，悦琪已经受到惩罚了，她遇到的那些个有钱人，确实有钱，可是除了追她那会儿，根本不舍得给她花钱。哪像你，有一百块就给她买两百块的东西,她失去你之后才发现你的好。"
徐子琪这个说客我给满分。

"你别不说话,你要是真的不愿意,我也不勉强你,大家继续做朋友好了。"徐悦琪恢复了"傲娇"的神态,这才是她嘛。

"可能在你心里,我自始至终都是你的朋友,而我却曾经那么爱你,根本没办法把你当朋友。"

"你能把我姐当朋友,为什么就不能把我当朋友呢?不过算了,我也不勉强你,今天这顿饭我就不该来,我先走了。你们慢慢吃。"说着,徐悦琪起了身。

"悦悦就是这脾气,你知道的,我送送她。"徐子琪也站了起来。

我没理她们,等她们走出去了,我问服务员要了瓶酒。一边喝酒我一边想,要是徐悦琪早几个月向我认错求和,我还会像现在这样坚定地拒绝吗?如果我答应了,我的人生会再次陷入危机吗?

20

送走徐悦琪的徐子琪回来的时候,就像挣脱了紧箍咒的孙悟空,表情都活跃了,也敢直视我了。她刚坐下,我就给她倒了一满杯酒。

"喝光了，我就不怪你。"

她端起来真要喝，又被我夺下了。

"我哪舍得你喝，我只是不懂，你为什么到现在还是受制于你妹妹，难道以后你谈恋爱，都要先给妹妹试试手？"

"你误会了，我真的不是带她来考验你的，我确实没有谈过恋爱，可是也不会傻到去怀疑自己喜欢的人。我带她来，是她要求的。我作为姐姐，不知道怎么拒绝。"

"她要求的？真是破天荒了，徐悦琪的要求什么时候这么低了？她的眼里不应该装的都是开直升飞机的男人吗？"

"你就别取笑她了，她这一年多来过得非常苦，就像是受了诅咒，桃花运不断，却都是烂桃花，一个比一个不靠谱。她也是经历了这些，才念起你的好来。"

"得了吧，我又不是小孩子，我还不了解她？也许她确实是吃了苦受了骗，但她不会走回头路。她想走回头路，只是因为我现在不再是过去那个落魄的我。"

"是是是，你不落魄了，你现在是一线畅销作家。我们不聊她了，把菜单给我，我要点几个我爱吃的菜。"

"我已经点好了，都是你爱的菜，一会儿就可以开吃了。终于告别剧组的盒饭了，开不开心？"

"说实话，不太开心。"

"为什么？"

"因为和你相处的时间，不会像在剧组那样多了。我要照顾妹妹和弟弟。我小弟徐鹿，你见过的，现在退学了。大弟徐然，也天天不学好。我要是再不管管他们，不知道他们以后会变成什么样的人。"

"他们的人生是他们的，你没必要硬揽这个责任。"

"你不懂的。孩子可以不管父母，父母不能不管孩子。我爸妈离开得早，长姐为母，我必须带好他们。"

"有什么需要帮忙的地方，尽管跟我说，你的事就是我的事。"我知道劝说没有用，只好不劝了，很多人的观念是积累了数十年的，一朝一夕是改变不了的。

21

回长沙的第一个周末，我跟袁媛碰了个面。她希望我回杂志社帮她，我答应了。陈宏走后，我在长沙就剩下袁媛这一个朋友了。和她在一起就像和陈宏在一起一样，很轻松，聊什么都不用顾忌。

　　和徐家姐妹的事情，我跟她说了，她支持我选徐子琪，不过也及时地做了警告，她说，你选了她一个人，就等于选了他们一家人。对一个人负责很容易，对一家人负责太累。

　　但是爱情，本来就是一种不计得失的付出，一种盲目的牺牲。如果过分计算得失，那就不是爱情了，是交易。

　　我继续开始上班后，徐子琪偶尔会瞒着妹妹来找我，我有时候也会悄悄在小区门口等她，送她一束花就离开。我们像是在恋爱，但谁也没有挑破那层纸。她希望等妹妹和弟弟的终身大事都解决了之后再解决她的事情。我愿意等。

　　转眼又到了冬天，长沙的冬天很难熬，没有暖气，一觉醒来摸什么都是冷的。手机在床头放一晚，拿起来也像冰块一样。

　　我正颤抖着给徐子琪发短信约她看电影，门铃响了，推开门，竟然是徐悦琪。我还穿着睡衣，一脸刚睡醒的样子，她则是一脸倦容，应该是一晚上没睡了。

　　"我能在你这里借住几天吗？"说着，徐悦琪推开我，进了屋。

　　"你和姐姐吵架了？"

　　"房子装修得不错嘛，这么大地方你一个人住不觉得冷清吗？"她不回答我，自顾自地把每个房间的门都打开看了一遍，看到正对着书房那一间的时候，她停了下来，冲我回眸一笑，大

做我平淡岁月里的星辰

大咧咧地说道，"我就住这间吧，我喜欢这个榻榻米。"

"我们已经分手了，分手一年多了。"我继续硬撑着。谁能想到，我刚到长沙时认识的"女神"，在时过境迁后，会主动来跟我同居，而我非但不接受，还必须拒绝呢？时间真是世界上最神奇的东西。

"我也没说要跟你和好啊！我住你这里，按月付你房租。"

"如果我不答应呢？"

"那你就是想跟我和好了？"

"你这是什么逻辑？我不想跟你和好，也不想租给你房子。"

"你怎么变得这么冷漠了？"

"都是拜你所赐。"

"我已经受到惩罚了，你就不能念在曾经的情分上，帮帮我？"

"帮你？你需要人帮吗？"

"我失恋了，恋爱的时候犯傻，在身上文了那个人的名字，现在想去洗了，我在网上查了，需要做激光手术，做完手术就像烫伤了会红肿流血，半个月都不能洗澡，也不能吃辛辣刺激的食物。所以我想在你这里休养一个月，就一个月，结痂脱落了我马上走。这事儿我不想让我姐知道。"她的表情急转直下，一瞬间就从轻浮变成了决绝。

"你没有别的朋友了吗？"我依旧不太信任她，可能是因为我曾经太信任她了。

"没有了。我要是能想到别的朋友，也不会来求你。"她坚定地看着我，我没有再说话，我知道，我内心已经屈服了。

为了掩人耳目，我开车带徐悦琪去了一家私立医院，价格比公立医院贵了几倍，但好在人少。毕竟这不是什么光彩的事情，虽然文艺青年头脑一热就会去文身，但不能否认，刺字也好，画画也罢，只要是刺青，只要刺得够深，都是在自残。

只可惜千算万算，还是没算到，我们刚到医院就遇上了徐然。徐然还管我叫姐夫，叫得我很矛盾，如果他叫我二姐夫，我肯定矢口否认。如果他叫我大姐夫，我肯定高高兴兴答应。但他只是叫我姐夫，我就不知道该不该答应了。

给医院交完钱，趁着徐悦琪去厕所的工夫，我从钱包里拿出一千块钱给了徐然，算是封口费，让他不要把在医院见到徐悦琪的事情告诉家人。

等徐悦琪做完检查去敷麻药的时候，徐然拉着我，坐到了家属区。刚一坐下，他就兴致勃勃地八卦道："你还跟我二姐在一块儿呢？我以为你现在是我大姐夫了呢。"

"别胡说八道。"

"谁胡说八道了？我见到你在小区门口送我大姐花了。我大姐为了不让二姐知道，还给了我两千块钱封口费，她可比你大方多了。"

"别说我了，你为什么在这里？"

"别提了，女朋友非要瘦脸文眉隆鼻开眼角，这不，正在顶楼包扎呢。"

"你们还挺时髦。"

"不然呢，你们来这里干吗？我看我二姐也没灾没病，她那么漂亮应该不会也是来整容的吧？"

"当然不是整容，你姐有点私事儿，我陪她来看看。"

"你真是个好人，分手了还随叫随到，难怪我二姐给你发'好人卡'，要我说男人有时候就不能太好，物极必反，不然我二姐也不会丢下你去国外。算了，我不跟你说了，时间到了，我要去接女朋友了。你跟我二姐说，让她放心，我绝对不会把她的事情告诉大姐。"

徐然走后没多久，徐子琪给我打电话，约我去喝茶，说要顺便跟我聊点事。我说我在外地出差，过几天才回长沙。这是我第一次对她撒谎，她一点儿也没有怀疑，也没有挂电话的意思。

在电话里，徐子琪跟我说，徐然要买房子了，因为女朋友逼婚，我担心聊多了徐子琪会听出我在医院，我就把我的置业顾问的电话给了徐子琪，然后匆匆挂了电话。

等徐悦琪做完手术，我把她接回家，安排她睡下之后，再给徐子琪打电话的时候，发现她已经关机了。

几个小时后我又打，才发现她已经到了北京。为了给徐然买房子，她又接了部戏。真是可怜天下老姐心。每天十几个小时高强度的拍摄，已经彻底毁了她的睡眠，再这样折腾下去，身体早晚要出大问题。

徐子琪这一走，可乐坏了徐悦琪，她还很嘚瑟地跟我说，要是早知道徐子琪要走，她就不用死皮赖脸求我借住在我这里了。

因为刚做完手术，不能碰水，不能乱动，还要吃各种清淡的食物。最初的三个星期，我是床前床后地伺候这个前女友。到第四周我实在受不了了，这场手术，堪比四次大姨妈手牵手一起来。而且医生说，她文身的部位太敏感，一次是洗不干净的，三个月后还要再去洗一次。

折腾到第四周，徐悦琪已经恢复得差不多了，水肿的伤口消肿结痂脱落了，她也可以乱吃乱动了，而且徐子琪把买房的重任托付给了她，买房的钱也给了她，她已经迫不及待地想施展她买东西的天赋了。

23

我买房子的那个楼盘，一开始捂盘抬价，因为捂太严实，导致后面还剩几套尾盘卖不掉，大促销也没人买。因为在别人眼里，清仓的尾盘都是别人挑剩下的，他们宁愿买期房，也不愿意买相对来说更便宜的别人挑剩下的现房。

我实地看过，那几套房子不管是采光还是位置都不错，就劝徐悦琪考虑一下。徐悦琪核算了一下，买我推荐的房子，不仅用不完徐子琪给她的钱，还能省下二十万用来装修，于是她答应了。

不过买了我推荐的房子后，徐悦琪却没有找我推荐的装修公司，而是自己找了一家施工队，自己买材料装修，她说这样还能再剩下十来万买辆买菜车给弟弟。她说她作为二姐，不能光让大姐一个人落好。

她们的家事，我也懒得过问，我只是担心，省了十多万，那装修材料该是多差劲。但是徐悦琪已经从我的房子里搬出去了，我连面都见不着，也就懒得管她的事情了。

徐子琪在拍戏期间给我打过几次电话，每次我都想说说装修的事情，每次都忍住了，我怕因为这个搞得她们姐妹不和，毕竟她们本来就有些不合。

房子装修好的时候，已经临近春节了，徐子琪拍戏回来后去续缴房租，才发现妹妹已经跟房东说好了不租了，房东已经把房子转租出去了。

一边是刚装修好的新房子，一边是十天内就要搬出去的出租公寓，徐悦琪觉得当然是住新房子好了，她甚至说服徐然和徐然的女友，他们已经搬了进去。

新房子很大，一共有四个房间，足够她们姐弟四人及徐然的女朋友住，但是我觉得，刚装修好的房子，甲醛和苯的味道很重，对身体很不好，怎么也得空置一段时间，所以我希望徐子琪搬过来跟我住。

徐子琪倒是没意见，徐悦琪不乐意了，说凭什么我住你不让，我姐不住你还硬要人住，摆明了区别待遇搞歧视。

她这一闹，我倒是不在意，但徐子琪怕了，觉得不和弟弟妹妹住一起，会让弟弟妹妹寒心，显得自己多娇贵一样。

结果刚住进去，她就长了满脸的痘痘。除夕夜她叫我去吃饭，我寻思在一个小区，加上我一个人过确实孤单，就去了。

做我平淡岁月里的星辰

　　去了之后发现甲醛的味道真重，不仅是油漆，各种板材和家具也都用了劣质胶水，一顿饭吃下去，我喉咙就被甲醛和苯的味道堵住了。

　　吃完饭，徐子琪送我出来的时候，我再次邀请她搬去跟我住，她还是说没事。还真是，也不知道是不是抵抗力强，连续住了一周，徐然和徐鹿都没事，徐悦琪也没事，就徐子琪一个人长痘痘加咳嗽。

　　为了减少徐子琪在房间里的时间，我隔三差五就叫她出去玩，可晚上留宿，她总不肯，倒不是觉得男女授受不亲，而是要给一大家子人做晚饭。

　　春节很快过去，我想邀请徐子琪去外面旅行几天散散心，结果打通电话，才知道她们一家子都住院了，都是甲醛中毒。

　　也算是发现及时，吃了一些药大家的病情就稳住了，但新房子是谁也不敢住了。刚过完春节，一时又找不到合适的房源，我就邀请她们住到了我家里。

　　我买的房子也是四室两厅，我一间，徐悦琪和徐子琪一间，徐然和女朋友一间，徐鹿一间，勉强算是住得下。

　　我虽然讨厌和陌生人住一起，讨厌这么热闹，可每天能看到徐子琪，我还是很开心的。她病情稍微严重点，出了院还在吃药，痘痘也一直没消。

　　和她住在一起，一日三餐都有了着落，一大家子人围坐在一桌，那种其乐融融的场景，让我想起了小时候。

　　如果一直这样过下去，也没什么不好的。为了能够在徐子琪身边，我给徐然买了辆新车，把自己的车给徐鹿开。至于徐悦琪，她自己买的买菜车，让她自己开了。

　　我做这些，是希望徐子琪能明白，她不用那么辛苦，我可以帮她照顾弟弟妹妹，可以帮她撑起这个家。可惜我越是这样，她越是觉得过意不去，元宵节一过，她就接了新戏，飞去了香港。

24

　　徐子琪一走，我看着徐然和徐鹿就头疼，徐悦琪又时不时带乱七八糟的男生回来故意让我心塞，为了躲这些阎王爷，也为了陪伴徐子琪，我也去了香港，在酒店租了间房子，和徐子琪过起了情侣生活。

　　香港是购物的天堂，到处是广告牌、商城、奢侈品店。旅游的话，真没什么可看的，除了可以看一些鸟笼一样小的寺庙。

　　没戏拍的时候，我和徐子琪常常一整天待在酒店里，看各种电影。她大病初愈，状态不怎么好，偶尔还是会咳嗽，要化很浓的妆才能遮住痘痘。

有时候戏份太多，回来卸了妆她就睡了，看着她酣睡的样子，我满满的心疼。剧组的盒饭太单调，我就熬粥炖菜去剧组给她送饭。时间长了，剧组的人都认识我了。不过她不是大明星，我也没什么粉丝，我们再怎么亲密接触，也传不出什么八卦消息来。

现在回想起来，那是我们最快乐的一段时光了。像隐居在深山的侠侣，不用操心任何江湖是非。

我们去香港公园，同样是折纸飞机，吹肥皂泡泡，放风筝，坐在草地上聊天，徐子琪就觉得很开心很放松，因为那就是她想要的生活。她希望有个人能够把她宠成一个小孩，那个人有没有钱并不重要。

有时候路过红棉路，那里有一个婚姻登记处，我很想跟她领个证，组建一个小家庭，可是她放不下妹妹和弟弟，她说等拍完戏，她要再给徐鹿买一套房子，这样才公平。

我问她徐悦琪呢，她说，已经给妹妹准备好了一笔钱做嫁妆了。只是妹妹不知道什么时候才能挑到意中人。

那是四月份的事情，到五月的时候，戏拍完了，我们没有理由继续留在香港，主要是徐子琪觉得没事留在香港太浪费钱了。

刚回到长沙，她就病倒了，去医院一检查，说是淋巴癌，需要化疗。这是我写小说都不敢写的桥段，所以医生说的时候，我没当回事，带了徐子琪换了家医院检查。

一共换了四家医院，都说是淋巴癌。

换到第四家的时候，我们都有些害怕了。我打电话告诉了徐悦琪，她拿到化验报告，第一反应就是，我们要募捐，姐姐看病需要一大笔钱。

一开始我没觉得有什么不好，有钱虽然不一定能战胜病魔，但总能拖延一些时间。我可以卖掉房子，卖掉车，只要能看好她的病，钱财总能再赚来。徐悦琪没有钱，她想募捐就募捐吧。

不过徐子琪不想化疗，她觉得化疗太痛苦了，而且把人变得很丑，更重要的是，很多病人做了化疗还是死了。

我知道，她是已经做好了离开这个世界的打算，她不想因为她的病把我搞得一穷二白，把这些年她为弟弟妹妹攒的嫁妆和结婚用的聘礼全花掉。

而且这个世界对她来说，太累了，离开了，也许会轻松一些。

25

最后一个月，回忆起来是煎熬的。徐悦琪和徐鹿在网上募捐到了一大笔钱，徐然和女朋友在学校也募捐了一笔钱，这些钱加起来，足够治疗了。

我把房子和车也卖了，我想好了，国内治不好，我们就去国外。可是徐子琪还是不肯化疗，她开始吃斋念佛，希望信仰的力量保佑自己。她的固执导致她错过了最好的治疗时期，到最后，中医医治无效，她昏倒在床上。我和徐悦琪强行把她送到了医院。

到了医院，办完住院手续，徐悦琪就消失了。后来徐鹿和徐然也消失了。一同消失的，还有他们募捐来的钱。

不过我卖房和卖车的钱，足够维持初期的治疗了，他们的消失，反而减轻了徐子琪的心理负担。为家人操劳了一生的她，终于可以在最后的时刻为自己而活了。

只是这时候，她的意识已经不清楚了。

她的头发全剪掉了，依旧那么美。

她说她想穿上婚纱，做一次新娘，我就找米摄影师，在病房里拍了婚纱照。她说她想听着我讲的故事睡觉，我就把我全部的才华都写成了晚安故事，用录音机录下来，她一醒，就放给她听。

从认识她到她离开，我很少看见她笑。可是在医生宣判的最后一个月，她每天都在笑。有时候看她痛苦的样子，我都哭了，她却硬撑着笑给我看。

有时候太难过了，怕被她看到我控制不住情绪的样子，我就跑到医院外面的台阶上待着。转眼又到了夏天，看着明晃晃的太阳，感受着无处不在的热浪，我的心却一点儿也热不起来。天气预报里说气温已经接近四十度，可是我无法像第一次来长沙时那样燥热难耐，那种感觉好像是上辈子的事情。这辈子则像跌进了冰窖里，怎么爬都爬不出去。

● ● 26 ● ●

徐悦琪再次出现的时候，带来了一架直升飞机。自从她和两个弟弟消失，我一直守在医院，没有关注过外面的事情。她带着钱消失的时候，我还以为她和两个弟弟自私病犯了，怕姐姐生病花光所有的积蓄，所以携款逃跑了。

我已经做好了今生再也见不到徐悦琪的准备，结果她却在徐子琪的生命只剩下十天的时候出现了。一同来的还有徐然、徐鹿，无数明星、记者、粉丝，以及不明真相的围观群众。

我也是不明真相的围观群众之一。所以见到她之后，从来不打女生的我，打了她一耳光，从来不发怒的我，对着她破口大骂。压抑了很多天的情绪，在见到她的那一刻，全部爆发了出来。

　　但是她无动于衷，径直进了病房。徐然和徐鹿把一群人挡在了外面。看到姐姐还活着后，徐悦琪招呼医生，把徐子琪抬上了飞机。徐子琪虽然还活着，但已经重度昏迷，所以自始至终，她都不知道发生了什么。

　　"我们开始募捐之后，好多人想来看望姐姐，坏的人怀疑我们募捐的动机。整个网络被这件事搅得沸沸扬扬，最后我们拿到了钱，却失去了安宁。"徐子琪转院后，徐悦琪才拉着我跟我讲了她消失后的事情。

　　"为了姐姐治病期间不受影响，也为了找到根治这种病的药和医生，我和两个弟弟分头行动。我负责找医生，他们俩一个负责对接那些善良的愿意帮助我们想来看望姐姐的人，一个负责应付那些恶意质疑我们的人。

　　"我知道姐姐最想要的生活，就是无忧无虑平静地跟你谈恋爱，所以我让两个弟弟把一切无关紧要的事情都挡在了医院外面。你能和姐姐度过这段美好的时光，要感谢他们俩。

　　"也许是有情人天不负，终于让我在多伦多找到了得了淋巴癌又痊愈了的患者。我把钱全用来找医生了，医生通过对他们病情的分析和对姐姐情况的了解，制定了一套完美的医治方案。

　　"这套医治方案的关键就是需要非常干净的环境，空气要是甜美的。办好一切手续后，我就争分夺秒来了医院。徐然和徐鹿那里也挡不住了，所以你才会看到媒体记者一拥而上。

"不过这些都不重要了，医生跟我说只要配合他的方案，治愈姐姐的把握是百分之九十。姐姐的命只要保住了，我们就算成功了。"

我抱住了徐悦琪，哽咽着，很久很久才说出话来："对不起，我误会你了，也误会了徐然和徐鹿。"

"以前是我们不好，只想着自己，姐姐累得免疫力下降，都是因为我们。现在，是上天给了我们一个回报姐姐的机会，我们不能不珍惜。等姐姐好了，我一定听她的话，做一个称职的妹妹。"

27

对于徐悦琪来说，我还算不上家人。我提出的想去国外陪护的请求，被她拒绝了。拒绝的理由是，她不确定她们募捐的钱能否支撑到姐姐彻底康复，所以，希望我能够在国内再赚一些钱以备不时之需。而她，也会多接一些平时她根本看不上的模特工作。陪护的事情，就交给两个还不会赚钱的弟弟了。

虽然还很担心徐子琪的身体，但隔着万水千山，我只能劝自己收起心来,赚钱要紧。多赚一分钱,对于她的痊愈来说,就多一分希望。

我把自己关在房间里,我全神贯注写作的时候,是六亲不认的。好在我在长沙孤家寡人一个,就算不关门,也没人打搅我。

前面出版的书和影视的成功,让我作品的价值翻了几倍。我知道只要我写好一个故事,就可以换来一大笔钱。

但是当我真的开始写的时候,才发现写作是一项关于灵魂的工作,和流水线作业不同,我没法想写就写,尤其是在我最爱的人躺在床上做手术的时候。

这种写不出来的痛苦,促使我折磨自己的肉体,拼命地跑步,跑到虚脱,或者去做按摩,直到每个毛孔都放松,但都无济于事。

在我快要疯掉的时候,徐悦琪给我打了电话,电话通了之后她一直在哭,她大概知道,即便她不说、我不问,彼此心里也明白,这哭声代表着什么。

事情变成这样,我只能安慰自己说徐子琪的命不好,即便找到了百分之九十九可以治愈她的药,她最后也会变成那百分之一。

我和徐家的关系,在徐子琪去世后便断了,除了他们带骨灰回来的时候,我去机场接了,告诉他们墓地所在地之外,就只有安葬那天,我们在一起待了一整天。

也许不见到彼此，我们都不会那么难过吧。在徐子琪这件事上，我们是对方的伤疤，见一次，就像揭一次伤疤。

徐子琪去世的第二年，我和徐悦琪在墓地上意外地相逢了。她结婚了，不过她的丈夫并没有陪她一起来，徐然和徐鹿也没来。虽然说死了的人死了，活着的人还要好好活着，但周年忌日，不来看一眼，无论如何有些说不过去。

但我又有什么资格指责他们呢？或者说，我已经不想再指责谁了。人都没了，做什么都是徒劳的。

从墓地回家的时候，路过杜甫江阁，这个宏伟的仿古建筑，和杜甫当年走投无路时的境地相比，非常讽刺。

一江之隔的另一边，浏阳制造的烟花正在橘子洲头燃放。这是世界最大的烟花生产基地生产的烟花，绚丽夺目，五彩缤纷，然而再美，烟花总是短促的，就像我的爱情。我停下车看了一会儿，还是走了。

经历过一次挚爱的离世之后，我发现我对很多事情的看法都变了。过去我觉得我这辈子肯定不会放弃写作，但一年没写，我

做我平淡岁月里的星辰

好像也没有什么不习惯的。

过去我觉得我是恋爱动物，每一次失恋都要靠新的恋情来拯救。徐子琪离开后的一年多里，我发现我对寻找另一半这件事，一点欲求也没有了。

刚来长沙的时候，我觉得我会在这里安家，我喜欢这里的氛围，喜欢湿润的空气，喜欢这里的美食，喜欢去江边散步。

但是随着她的离开，我曾去过的每个地方，都变成了伤心地，都会让我想起，我曾经那么幸福过。

决定离开长沙的时候，我又去墓地看了她一次，看着墓园里飞来飞去的蝴蝶，我想起了梁山伯和祝英台的故事。如果她的坟墓这时候打开，我想我会毫不犹豫地跳下去。

过去失恋了，离开了伤心地，我就会好起来。而这一次，离开了长沙，我还是如同行尸走肉。我想可能再也找不到一个地方能够让我停下来，开始新的生活。

我只能慢慢地找下去，像一只荆棘鸟，不停地飞翔辗转歌唱，不到死亡降临的那一刻，不会停下来，也没有办法停下来。

有很长一段时间，我期待死亡的降临，好尽快结束掉我的痛苦。我听说有人在埃及旅行，热气球掉了下来，一死两伤，于是我就申请签证去埃及坐热气球。

　　我看到新闻上某地发生地震了、台风了、泥石流滑坡了，我就赶过去，表面上是做志愿者，实际上只是想离危险更近一些。

　　但我离危险越近，离死亡就越远，我折腾了两年，去了无数发生过灾难的国家，最后不但活着回到了长沙，还练就了一身肌肉。

29

　　说走就走的旅行，有时候只能在国内，去国外的话，需要各种签证。有时候等签证办下来，去那里的心已经淡了。

　　折腾了一圈后，我把自己关在房间里，只吃外卖，吃饱就睡，睡着了就不用思考，不思考就不会痛苦。之前疯狂写稿卖掉换来的钱，足够我生活一段时间。等钱用完了，我打算离开长沙，彻底地离开。

　　去哪里定居我还没想好，有几次我打算去拉萨做义工，但是走到半路，在西安停住了，又从西安去了中卫和银川，在青海住了半个月，然后去了内蒙，内蒙有草原和沙漠，在人群里待久了，就特别渴望去渺无人烟的地方。

　　对于别人来说，在不同的地方辗转，算是旅行的一种。对于我来说，只是在逃避罢了。

做我平淡岁月里的星辰

失恋了,逃避一段时间,伤口愈合了,还能继续爱。而还爱着,那个人却离开了这个世界,一时半会儿想要恢复正常,是很难的。

我在大部分城市都有几个朋友,但路过那些城市的时候,我都没有跟他们打招呼,稍作停留就走了。那种在路上的感觉,就像精神上的麻醉剂,可以暂时转移我的注意力。那种每天都面对不同的人不同的风景的生活方式,虽然不能彻底治愈我,却可以暂时稳定住我的状态,不至于变得更糟。

最后我还是去找了陈宏,他在北京,我们已经很久没有联系了。他没找我,是因为他确实很忙,北京的生活压力和生活节奏十倍于长沙。我没找他,是因为我懒,或者说,面对他就像面对我的家长,在没有准备好的时候,我不想去听他训斥和唠叨。

他已经是一家上市公司的副总了,这些年他生活得一直很有规律。按部就班地上学,毕业后选择自己喜欢的行业工作,选择自己喜欢的城市生活,在自己喜欢的行业努力奋斗成行业顶尖之后,又去了北京和更多优秀的人一起工作。

他的人生经历,符合大部分人的"三观",符合大部分父母的期待,走正确的路,过正确的人生,似乎就是像陈宏这样。我和陈宏的人生之路截然不同,如果他是正确的,也许我就是错误的。

如果我们一对一错,那我们肯定无法成为朋友,因为谁也说服不了谁。我们能成为朋友，主要原因，是我们有对方身上缺失的东西，我们都知道，这世界上没有绝对的对错。尤其是人生这条路，既然结局都是死亡，那么每个人都有权利去活成他想要的样子。

我想要的生活就是自由自在无拘无束，而不是满足任何人的期待。陈宏也知道，尽管他过得很正确很积极很成功，但并不是很快乐。有时候一味地追求个人的快乐显得太自私，但一味地满足别人的期待，又太无私。我们作为正常的人类，只能在这两者之间找个平衡点。

我和陈宏认识，就是在他找平衡点的时候，那时候我在试着融入集体，所以独自行走多年的我第一次选择了跟团旅行。而他在试着放松自己，毕业后再也没有去旅行过的他，第一次给自己放长假。

我们会吸引彼此，是因为我羡慕他的稳定，羡慕他每天醒来就知道自己要干什么，知道自己该干什么，知道自己的未来在哪里，从不迷茫，从不慌张。他也羡慕我，羡慕我无拘无束自由自在，羡慕我什么也不在乎，羡慕我今朝有酒今朝醉，千金散尽还复来的心态。

尽管我有时候只是伪装得什么也不在乎，但事实上，我确实在走着一条与世人期望的方向完全相反的路。我年少退学，不务正业，整天瞎混，最后却出了书，赚了钱，虽然很快就被我败光了，但我随时可以回到上层社会——如果这个社会真的分了阶层的话。大多数人都只是生活在固定的阶层里，或者努力向上爬，或者身不由己地向下跌。像我这样自由自在地在各个阶层混日子的人，陈宏只认识我一个。

我最后选择去找他，是想再组团出去玩一次。这么久了，我还记得我们一起从神农架到武当山，再到湘西、凤凰、张家界、武陵源的那条路。

那次旅行是真快乐，后来虽然我们又横穿了内蒙，去了包头、呼和浩特、锡林浩特、哈图石林，但都没有第一次快乐。因为第一次我们足足玩了两个月，而第二次只玩了一周。

我觉得如果我们再成团，一群人去玩两三个月，我就能好起来。也许不能彻底忘掉徐子琪，但起码能找回过去的我。毕竟离开的人离开了，活着的人还要好好活着。生命只有一次，没有责任心的我，也必须对这仅有一次的生命负责。

30

我们约在一家陕西饭馆，点了一桌子的擀面皮、凉皮、肉夹馍和稠酒。作为北方人，这些都是我爱吃的。作为电影人，陈宏完全没有胃口吃任何东西。

他说任何东西在他嘴巴里味道都是一样的,他只是往嘴巴里塞东西,只管咀嚼和吞咽,吃饱就行了。他不愿意在品尝味道上浪费时间。

他说他下午还有一个会,只能给我一个小时的吃饭时间。他问我接下来有什么打算。我想了想,还是把旅行计划说了。我试着说服他,我说你这样疯狂的工作对身体不好的,身体毁了最后赚再多钱有什么用?

他笑了,他说由不得他自己,他身上背着太多人的期待,公司正是困难的时候,他不能放下公司不管。

我说这个世界离开了你照样转动,就算你走了,你们公司倒闭了,那些员工还是会找到新工作的。

他埋头吃擀面皮,吃光了一盘之后才抬起头,看着我的眼睛说道:"我做不到,我宁愿牺牲我自己,也不愿意让跟着我的人失望。我不是你,尽管我不反对你的生活方式,但是让我那样生活,我晚上睡不踏实。"

我本来还想说,我制定了一条完美的旅行路线,从上海到杭州,然后去临安的天目山,再从天目山到黄山,去景德镇、鄱阳湖、庐山、井冈山,最后住到衡山的半山腰,每天早上醒来就去看日出,我想说这条路线够我们玩两个月了，可是最后我什么都没说。的确，尽管我们相互吸引，羡慕彼此，但我们毕竟不是一类人。我的梦想也许是他的毒药，就像他的梦想也是我的毒药。

很久以后，陈宏再一次联系我，是因为他遇到了困难，需要一笔钱。他努力经营的公司被合作方骗了，合作方起诉他，他败诉后把所有积蓄赔给了对方。他问我能不能借点钱给他，他想开一家新公司东山再起。

我这些年基本上没赚到什么钱，也没有积蓄，只剩下长沙那套房子，因为房价飞涨，卖了的话倒是可以筹集到一百多万。于是我就把那房子委托给陈宏卖了，那本来就是他帮我赚钱买的房子。如今他要救急，我没有不帮的道理，只是后来，他并没有东山再起，我们也没有再联系。

每个人在生命中遇到的爱情也好，友情也罢，都是有时限的，有保质期的。过了那个时限，很多东西就找不回来了，人还是那个人，人又好像已经不是当年的那个人了。

31

当我再次回到长沙的时候，已经是多年以后，长沙的交通已经四通八达，长沙摩天大楼的高度和数量已经接近纽约了。我租住在湘江边一栋摩天大楼的 21 楼，靠江的那一面全是巨大的落地窗，坐在家里拉开窗帘就可以边晒太阳，边看江面上来往不息的船只。

过去在长沙认识的那些人，大都已经离开了长沙，过去在长沙喜欢去的那些店面，也大都换了新的老板和招牌。谁也不记得，我曾在这里爱过一个人。

我也渐渐放下了。平淡的岁月，可以摧毁掉一切我们曾经以为可以永恒的东西，包括至死不渝的爱情。有时候我会想，如果她没有离开这个世界，我们继续爱下去，过上柴米油盐的生活，会不会有一天也会厌倦彼此。就像公主和王子的故事，永远都是在一起就完了，再讲下去，就只剩下生活中的琐碎和苟且。

会选择再次回到长沙，倒不是精神上的渴望，而是肉体上的需求。我转了一大圈，跑了大半个中国，最后发现还是长沙的气候适合我，长沙的水土和饮食也适合我。虽然因为经济快速发展导致环境有一点点污染，但比起其他城市，还是好很多的。

而且长沙的文化发展得也好，无数的书店和文化商业中心落成，无数的出版社和书店邀请我去做活动。过去我都拒绝了，回到长沙之后，再次被邀请的时候，我就去了一次。

那一次是某知名购书网站梅溪湖二十四小时书店的活动，非常文艺的一处场所，主办方找的主持人也是个非常文艺的少女。活动结束后，我们加了彼此的微信。

她主持一场活动有三百块酬劳，一场活动一两个小时，对于还在上传媒大学的她来说，算是一个不错的兼职了。她加我微信，除了对我的思想和谈吐感兴趣，主要是想让我多推荐一些类似的活动给她。

书店虽然每周都有活动，但不是每次都会找她主持。很多时候，这类工作要靠她毛遂自荐或者朋友推荐。

因为那天对谈得确实很愉快，她也不是那种花瓶式的有头无脑的主持人，问的问题都让我觉得很妥帖，所以后来在别的书店做活动的时候，我就没让书店去找主持人，而是直接推荐了她。

32

访谈类的活动，问的大都是同样的问题。每次在不同的场合面对不同的人，说同样的一番对白，对于观众来说是新鲜有趣的，对于我来说，却早就麻木了。

自从有了这个固定的主持，她每次都能给我一些惊喜，会提一些我过去没有回答过的问题，从不同的角度让现场的读者了解我。而且通过几场活动的配合后，我发现她已经完完全全了解了公众场合的我。

有一次活动结束，她破天荒问我要不要一起去吃个饭，她请客，算是对我的回报。毕竟如果没有我一直推荐她，她接不到这么多工作。

我答应了，因为我也没有什么要紧事，跟谁吃饭都一样，跟一个美少女吃饭，总比一个人吃饭要好一些。

差点忘了介绍，她叫杨荻，读大三，虽然学的是传媒，却对音乐和文学很精通，当然这是我后来才知道的。那天我们就只是吃饭而已。

吃饭的时候她说，公众场合的我和私下里的我，完全是两个人。公众场合的我对答如流从容不迫，私下里，我常常是沉默的、不善言辞的。

我没有赞同她的评价，也没有反对，我只是默默地吃着盘子里的菠菜，我觉得我心里那因徐子琪而冷冻了多年的冰山，好像开始消融了。

那天吃完饭，我送她回学校，她说这一天她过得很开心，希望下个周末的时候，我们还有机会一起吃饭。我对她报以微笑，算是默默地答应了。

有人陪伴总是好的。孤独行走的这些年,我明白了一个道理。人生在世,能够遇到一个你百分百满意,同时也百分百满意你的人是很难的。遇到了还能顺利相恋就更难了。

所以说我算是幸运的,在失去一个人很多年后,又遇到了一个人,后来的人解开了前面的人留下的心结。

过去我总觉得,要同生共死不离不弃才是爱情。真正落到自己身上,我才发现,生命很长,命运很曲折,在什么时候遇到什么人、失去什么人,由不得你选择。

不想失去的,却已经失去多年。没想过会遇见的,突然就出现在了你眼前,出现在了你的生活里,和你一起吃饭,一起呼吸,一起谈天说地。你说这是缘分也好,奇迹也罢,总之,这就是无法抗拒的生活。

33

"我不愿意做谁的替代品,这对我不公平。"杨荻约我在摩天轮下面的咖啡馆喝咖啡,刚坐下,咖啡还没端上来,她就盯着我,没头没脑地冒出这么一句话,"你敢说你不是在拿我疗情伤?"

见我不说话，她又逼问了一句。我们已经私下聚会了十多次了。

"的确，在遇见你之前，我心里住着一个人，她已经不在这个世界了，可是我放不下她，我试过各种方法，都没有用。我承认跟你在一起的时候，我可以暂时不去想她，可是回到家，看着镜子里的自己，我不知道自己的行为是对是错。忘记她，是不是对爱情的不忠？忽略你，是不是对人生的不负责任？"

"你也说了，她都离开这个世界了，那还有什么忠不忠的？她在那个世界如果知道你因为她的离开日日消沉，她如果是爱你的，能答应吗？爱一个人，就一定是希望对方开心的，而不是占有对方，所以她肯定是希望你开心地生活下去。"

"你的意思是打算走进我的生活，跟我共度余生了？"我刚说完这句话，咖啡就端上来了，杨荻喝了口咖啡，看向了窗外。

我也跟着她看向了窗外，窗外刚走过一对情侣，他们手牵着手，说说笑笑，好像世界上再大的烦恼都不能打扰到他们。

"你的确是我喜欢的那种类型的男人，就像一个完美的艺术品，唯一的缺憾就是，这个艺术品上刻上了前任主人的名字。"

"你遇到的现在的我，从某种意义上来说，是由无数个过去的主人造就的，没有她们，就没有现在的我。"

"谈大道理我谈不过你，我就问一句，你能把我当作一个独立的人而不是谁的替代品吗？你能不掺杂念地爱我吗？能，我就可以跟你共度余生。"

"这些话一说出来，就没意思了。爱情有时候只能靠感觉，不能谈。如果谈条件，那就变成生意了。爱情是无法控制的，由不得我们。如果你觉得爱情是可以控制的，我们不妨分开一段时间，看有没有想念彼此，看是不是离开对方就活不下去，如果是，那我们就永远不要分开了。如果不是，那我们就不是真爱。"

那天是杨荻先离开的，她走之后，我又在咖啡馆坐了一会儿，看着窗外的人，也看着身边的几桌客人。很少有孤零零一个的，他们大都彼此作伴，在这个孤独的世界里，可能只有彼此作伴，才能快乐地生活下去吧。这不是性格和选择，这是宿命。

34

其实我也知道，杨荻大学快毕业了，她可能会去外地实习，如果我们的感情没有确定下来，那么随着距离的扩大和在一起时间的缩小，这段刚刚萌芽的爱情可能就不了了之。毕竟我已经不是当年那个主动求爱的小伙子，她也不是那种不矜持的女孩子。

我们之间就算已经确定了谁也不会拒绝谁，还是需要我主动来捅破这层窗户纸，如果我不主动，杨荻宁愿错过。

　　不能否认，我已经不是当年那个生机勃勃的我了，但幽默感和智慧我还是有的，关键是，杨荻觉得跟我在一起比较安稳，我从来不会慌张，不会因为什么事情手足无措。就像她和我在公众场合对谈的时候，我总是应对自如。好像这个世界上，就没有可以难倒我的问题。

　　她出生在单亲家庭，父母在她出生前一个月离了婚，她跟随母亲生活，长大后虽然见过几次父亲，但父母一碰面就吵架，导致她基本上没有和父亲好好说过一句话。而母亲这边，每次生活中遇到困难，都会责备她，母亲觉得当年如果不是因为她，自己的生活就不会被拖垮。

　　一开始她也自责，觉得自己是母亲的负担，长大后她渐渐明白，谁也不是谁的负担，选择了某条路就要承担某条路的责任，母亲选了父亲，选择了生下她，那就有义务和责任养育她。抱怨不但解决不了问题，还会影响家庭关系。

　　糟糕的家庭关系导致杨荻非常早熟，在别的孩子还在为玩具和美味零食争吵打闹的时候，她已经开始默默地帮母亲积攒矿泉水瓶子。母亲给她的每一毛钱，她都留着，从不买零食，攒到一定数量，她就去买菜，然后亲自下厨，做给母亲吃。

对于感情，友情也好爱情也罢，杨荻有自己的评判标准，那就是看对方是否体贴别人的不容易。如果一个人在街上走，遇上乞丐，愿意施舍，那么这个人心肠不会太坏。如果这个人非但没有施舍，还对乞丐挖苦一番，说社会变差就是不劳而获的人太多了，那这个人也许不是坏人，但一定是个刻薄的人，这样的人，杨荻一概敬而远之。

这个世界上冷漠刻薄的人太多了，杨荻讨厌这样的人。她会喜欢我，也是因为我念旧情，只是我太念旧情了，让她觉得我有点走火入魔。

● 35 ●

我们的"三观"非常契合，都觉得众生皆苦，一个人若能体会另一个人的不易，从不挖苦嘲讽攻击别人，那么这个人值得深交。如果这个人总是觉得自己的生活困难重重，别人的生活轻而易举，那么这个人是我们需要抵御的恶魔。

关于安稳这件事，我和杨荻讨论过很多次。虽然我总是在路上，但我渴望的生活其实是固定在一个地方，有爱的人陪伴，有固定的事情做的平凡生活。杨荻虽然大部分时间都在学校，可是她渴望的生活是一直在路上，只要有人陪伴，就四海为家。

我们都渴望不曾拥有的生活，最后我们达成共识，在固定的地方生活，但是隔一两个月就长途旅行一次，这样日子才不会乏味。

这种讨论，是很久以后的事情了，在这之前，为了确定关系，确定我们对彼此的重要性，我们曾经分开过三天。

那三天谁也没有主动联系谁，她照常上课下课，照常去接兼职。我照常睡到日上三竿，照常晒着太阳听歌、看电影、看书、吃外卖。

到了第四天，我熬不住了，在楼下买了束金色玫瑰，一共36朵。到了学校门口，我给她打电话，她刚好从外面回来，我等了不到五分钟就见到了她。

她接过玫瑰，抱住了我，抱了很久。那一刻，我确定，我是爱她的，我会一直陪伴她，直到死亡将我们分开。

说到死亡，不知道是饮食的缘故，还是自然环境的原因，回到长沙后，我的身体一直很差。经常感冒，去体检，发现白细胞少，免疫力差。后来还发现了胆囊息肉和结肠炎。

这些都是慢性病，息肉也是良性的，经过调养就能好。但是不知道为什么，我调养了大半年，喝小米粥，吃菠菜、包菜，身体还是无法彻底好起来。

我跟杨荻商量，等她毕业了，我们就换个城市，反正她也不想上班，而我在哪儿写作都一样。我们要挑选一个风景秀美的地方，空气和水都不能被污染，那样我的身体就可以好起来。

计划起来很美好，实施却很困难，因为不管怎么样，我们都必须再在长沙待一年多，必须等到杨获毕业，这一年多说长不长，说短却也不短。

为了到新城市后有足够的金钱生活，我加快了写作进度，但写作能够换来的钱总是有限的，我过去能够买车买房子，全靠陈宏帮我卖影视版权。现在我又写了很多作品，可以继续卖影视版权，但我不想再去麻烦陈宏了，他有一堆的事情需要忙，我贸然出现谈钱的事情，会让他觉得我在催他还我卖房子的钱，所以我就找了一个以前从来没有合作过的影视经纪人。

这个经纪人叫 H，是个女孩子，她混迹影视圈多年，一开始是我的读者，她刚认识我的时候，就希望由她来代理我的作品。她说我的作品有那么多读者和较高的销量，如果影视化了，起码有几千万的票房保障。

但是那时候我沉浸在失恋中，也不缺钱，根本不想处理工作上的事情，所以我一直拖着没有答应。

而且除了不缺钱和失恋之外，我对从来没有合作过的人缺乏信任。影视版权是很复杂的事情，卖出后长久不拍摄，拍摄后无法播出都是常有的事情。影视圈太多不靠谱的人，我不想和一群不靠谱的人合作。

一转眼，新的恋情降临了，钱也快用光了。这时候 H 又找我谈影视合作的事情，我就答应了。最初是顺利的，H 给我介绍的投资人思路非常清晰，他一口气买下了我三部小说的版权，我分了一半的钱给 H。

剩下的钱足够我和杨获去新城市开始新生活了。我们计划好了，等杨获一毕业，我们就先来一场毕业旅行，我们要游遍地中海国家，去意大利、希腊、埃及、西班牙和法国。

杨获的签证申请得也很顺利，一切就等毕业那一天到来了，我们都怀着幸福的心情期待着。这时候，H 跟我说，之前的合约出了点问题，因为我是连同游戏版权一起卖给影视公司的，影视公司在开发游戏的时候，因为小说名字被占用，他们的开发受到了阻碍。影视公司打算解约退款，H 好说歹说，对方才同意只解约一本书。

H 说，小说名字被占用这一点，她之前问过我，我没有提起，所以有什么问题，都由我来承担，分给她的钱她已经用了，如果

做我平淡岁月里的星辰

要退款，她也只能帮助我一点点。

如果这笔钱没有分给 H，全部在我手上，退款倒不是太麻烦的事情，就当从来没有赚到这笔钱好了，关键是钱已经分了。如果全部都由我来承担，我就需要承担一大笔的债务，这样肯定无法和杨荻去旅行了，甚至接下来的正常生活都会受到影响。

事已至此我无话可说，只怪自己签约的时候不谨慎，不知道把版权分开卖。游戏版权卖给游戏公司，影视版权卖给影视公司，图书出版发行权给出版公司，这样就不会出现那么多问题了。或者一开始就和 H 说好并立下字据，如果因为买卖版权的合约出了问题，那么需要我们共同承担，毕竟利益我们是共享的，麻烦我们肯定也要共享。如果朋友之间的情谊，最后为了逃避责任而谈论到了法律，那情谊就太廉价了。

我一开始就该明白自己只擅长写书，写书之外的事情都不擅长，不擅长就不要去接触，一定要接触的话，也该去找陈宏。这样出了事情，起码陈宏不会说不关他的事情，我要自己去承担。或者一开始就应该有一个法律顾问。总之现在说什么都晚了，时光不会倒流，我自己贪图省事不看清合同就签约，最后毁的只能是自己。而且已经不仅仅是我自己，还有杨荻。

我问杨荻，如果我破产了，负债累累，怎么办？

杨荻说，还能怎么办？跟你一起还债呗，有很多女明星的老公都破产过，她们不都接了一堆戏拼命赚钱还债吗？我相信你能够东山再起的，你有足够的才华，这个世界不会亏待你。就算这个世界亏待你，我也不会亏待你。

36

因为担心被起诉，因为担心需要赔偿很多违约金，那段时间我夜夜失眠，身体状况越来越差了。

走在街上，我常常感到头晕耳鸣，坐在车上，我感到恶心头疼，待在家里我也觉得急躁。杨荻请假来照顾我，陪伴我，但我的状况丝毫没有好转。

也许是上天同情我，也许是投资人心地善良，我并没有被起诉，只是象征性地退了一点款，并没有因此而负债。

投资人说，他也经历过我的阶段，年轻的时候很努力很有才华却不被认可，后来被认可了，已经过了那个渴望被认可的年纪。他希望我继续努力，写出更多更优秀的作品来，他看好我，他觉得我的作品足够曲折动人。

为了报答这份知遇之恩，我比往常更加努力地写作，虽然身体不适，但还是早上四点起床，一直写到下午六点。中间只吃一顿饭。有时候杨荻来找我，我让她自己找本书看。我要写更多作品出来。没有作品，我就没有安全感。

有一天我像往常一样，凌晨四点起床洗漱，吃了点麦片粥和水果就坐到了电脑前，刚打开电脑，眼前一黑就晕了过去。

等我醒来的时候，已经在医院了，医生说，我身上长了两颗肿瘤，一颗在大脑里，一颗在肠子里，需要同时做手术，不然都会危及生命。当然，即便做了手术，也不一定能够痊愈。成功率只有百分之五十。

命运就像在跟我开玩笑，在我不惧怕死亡、渴望死亡的时候，我的身体越来越强壮，当我渴望健康、渴望享受爱情的时候，却让死亡来到我身边。我不惧怕死亡，我只是不知道我离开了，杨荻怎么办。

动手术，我可能痊愈，再活五十年，也可能立刻离开这个世界。不动手术，我最多能够再活两年，而且这两年随时会晕倒，也不能再吃生冷油腻的食物。

我把选择权交给了杨荻，她希望我做手术我就做手术，她希望我不做手术我就离开医院。这关系到我们两个人的命运，我无法一个人做决定。

杨荻选择了离开医院，但并不是不做手术，她不相信我会得这样的病，她觉得医生危言耸听，她像蔡桓公一样，觉得医之好治无病以为功。我理解她，就像我当初不相信徐子琪年纪轻轻会得癌症一样。

结果换了几家医院，检查结果都是一样的。选择还是要做，唯一的不同是在一家中医院的时候，一个老中医说，以前他遇到过同样的病例，当时患者选择了不治疗，自生自灭，最后竟然战胜了病魔。

后来他去找过那个患者，得到的答案是，患者去了云南的大山里，渴饮山泉，饿吃山果，最后神奇地痊愈了。但是有个问题，那就是那个患者从那以后不能离开那座大山，一旦他回到城市生活一段时间，肿瘤就会重新长出来。

是生活习惯还是环境问题导致我生病，这已经不重要了。当务之急是治病，杨荻选择相信老中医的话，她打算跟我一起去云南的大山里，让青山绿水来治好我的病。

我尊重杨荻的选择。我对这个世界唯一的留恋就是她了。我希望我的生命不管还剩下多久，不管是一分钟、一年还是十年，在最后的日子里，我留给她的印象都是顺从。百分百顺从，绝无忤逆，绝不生气。

过去我们总觉得要遵守一些规矩，上了那么久的学，快毕业了，怎么也要坚持完最后一年。结果当死亡降临的时候，我们才发现，什么都不重要了。学习，工作，写作，什么都不重要了。我们离开医院后，立刻收拾行李去车站，我们先是买了到昆明的机票，然后从昆明坐汽车去西双版纳。

到昆明的时候，也许是因为人口和车辆众多，尾气污染，我还不觉得有什么变化。等坐上汽车，开进了大山里，呼吸到新鲜空气的时候，我才意识到，干净的空气和水是多么的重要。

再过一百年，地球上贵重的东西将不再是黄金之类的，而是干净的空气和水。没有了健康，就没有了一切。我提前觉悟到了，而世人大都还在庸俗地忙碌着，不到死亡逼近，他们是不会觉醒的。

到了西双版纳后，我和杨荻住在一所废弃的学校里，我们本来打算住到山里，但是在山里建房需要一段时间，而且我们去的季节也不适合建房。

当地人租给我们的废弃校舍虽然很小，却很干净。不得不说，西双版纳是一块非常干净的土地，生活在这块土地上的人，也都非常地热情。有时候我会忍不住想，人类苦苦地发展文明，最后环境被搞得一团糟，如果早知道这样，坚持过去无工业的生活方式，是不是才是正确的出路？

目前只能是想想，人类已经习惯了飞机汽车，习惯了电灯电话手机，突然回到原始社会，他们会很难适应。我如果不是把这种原始的生活方式当作治病的药，恐怕也坚持不了多久。

38

人一旦得了绝症，近距离地面对过死亡，不管后来是否痊愈，都会对这个世界、对人生有新的看法。

住到西双版纳后，我的精神状况确实好了一些，胃口也好了一些。因为不能吃生冷的食物，连水果杨荻都要烤热了才拿给我吃。我也因此发现，烤菠萝蜜是世界上最好吃的食物。

因为身处热带，西双版纳的水果非常多，我最爱吃的柚子、

做我平淡岁月里的星辰

香蕉、芒果都有，光芒果就有象牙芒、球芒、椰香芒、马切苏等品种。

　　大部分时间，我们都是在边吃水果边看书中度过的，其间就近去了瑞丽和金三角，在金三角游玩，就像出了一趟国，到了泰国和缅甸。虽然还是在国内，却满满的都是异域风情。

　　我们毕竟是来治病的，风景的美好并不能缓解心情的沉重，一个月后，我们回去复查，发现癌细胞并没有得到控制，病魔仍旧在缓慢地吞噬着我的健康。老中医说，我的病是长年累月的脑力劳动以及不健康的饮食习惯导致的，想要靠一个月的时间就治愈，那是不可能的。于是我们返回了西双版纳，不管那里能不能治病，起码可以让我的精神状态好一些，食欲好一些。

　　我已经做好了两年后就离开的准备，所以当杨荻提出结婚的时候，我拒绝了。我不想让她和过去的我一样，长久地生活在失去挚爱的悲痛中。我也不相信她能有我那么好的运气，一生中被爱神眷顾两次。

　　有时候半夜里醒来，我会看到杨荻在默默流泪，她白天硬扛着，睡着了却无法再隐藏自己，梦里全是失去我的情景。我只有抱住她，用自己最后一点力量温暖她。

　　没有遇见一个人的时候，我们也可以活得好好的。遇见了再失去，我们就不再是当初的自己了。未得到和得到又失去，是两种不同的人生状态。前者或许不快乐，但不致命；后者也许不致命，但从此不会太快乐了。

我们常常去爬山，爬山是我过去坚持多年的习惯，衡山、华山、武当山、天目山、岳麓山、嵩山、庐山、黄山、泰山、井冈山、青城山、峨眉山、五台山、云台山等大大小小的山我都登顶过，有些实在太高爬不上，像石卡雪山等，我也坐索道上去过。但是遇到杨荻后，我很久没去爬过山了。

一来是身体状况越来越差，二来是没有爬山的兴致了，征服了一个美少女，就不想再征服任何大山。

到了西双版纳后，我们常常去爬一些小山丘。爬山可以让我的情绪变好，情绪可以让我的身体变好，但爬山也有危险，有时候我会突然晕倒，如果不能很快醒来，就需要杨荻背我下山。

她身高只有一米六，体重不过百，要背起比她高一尺、比她重五十多斤的我，简直难如登天。但就像人的大脑有潜能，"萌"妹子逼急了也会爆发成女汉子。有一次她硬是把晕倒的我连背带拖带到了山脚下，及时送进了当地的医院。

做我平淡岁月里的星辰

39

"对不起，我变成了你的负担。"有一天在病床上醒来，看着睡着了却满头大汗的她，我自言自语。

"你醒了？"她没有听清我的话，但还是被我吵醒了。

"嗯，这一次我昏迷了多久？"

"两天。医生说，你肠道里的肿瘤变小了，但脑袋里的肿瘤变大了。"

"那我们还回山里吗？"

"不回了，就在医院治疗吧，这次我赌你可以康复。"

"可是我自己没有多大信心。"

"你必须有信心，很多疾病都是需要病人靠毅力战胜的。你只要想清楚了，你扛不过去，我就完蛋了，你就会有信心和力量了。"

"可是我们已经没有钱治病了。"

"我会想办法的，钱的事情你不要着急。"

"你要募捐吗？"

"暂时还没到那一步，我先问亲戚朋友借一借。"

"要不我们还是回山里吧，我不想最后我离开了，还让你负债累累。"

"你自己也经历过这样的事情，你觉得我会放弃你吗？钱没了可以再赚的，人没了就真没了。"

借钱是这个世界上最艰难的事情，尽管你发誓写字据会还上，但相信的人并不多，再亲密的人，也更相信自己。杨荻首先是找了妈妈，但是只拿到了几千块钱。然后她又找了同学，最后还去求了很多年不来往的爸爸，但距离手术费和术后调理需要的费用还是有很长距离。

最后没办法，她选择了网络募捐。我这些年不断写作，还是积累了一些读者的，我患了绝症的消息被报道后，很快就有很多人捐款了。

善良的人总是很多的，对于个人来说很大的困难，当有很多人一起来解决的时候，就不算是困难了。但治疗费用有了，并不意味着治疗一定能成功。

我被推进手术室的时候，死死地盯着杨荻，我想也许这是最后一次看她了。手术分两次进行，一次切除脑部肿瘤，一次切除肠道肿瘤。只要失败一次，我就完蛋了。

手术分两天进行，脑部的肿瘤比较恶劣，就先切除了，手术结果很成功，我没有失去视力，也没有失去记忆，医生说的手术

做我平淡岁月里的星辰

后可能产生的所有副作用，我都没有。

肠道的肿瘤相对好切除点，因为本身在山里那段生活对肠道环境就有所改善，肿瘤已经明显缩小。所以第二天的手术也很成功。

术后恢复也很顺利，出院的时候，我对杨荻说，我这条命是你给我的，今后上刀山下火海，我唯你马首是瞻。

杨荻在我病后第一次露出了轻松的笑容，她说："你这条命是社会给的，今后我们要多回报社会才是。"

如果是平常的爱情故事，那么故事到这里差不多就应该讲完了，一对情侣战胜过死神之后，这个世界上，就很难再有什么可以打败他们了。

我之所以会继续讲下去，是因为不久之后，我们就遇到了比死神更可怕的存在。

40

我和杨荻的感情，在我生病住院之前，一直是瞒着杨荻父母的。一开始杨荻是觉得我们对彼此的了解还不够深，没必要通知父母。后来是觉得我们太了解彼此了，通知不通知父母不重要，等需要领证结婚的时候再告诉父母也不晚。

　　结果，等我病重需要医药费的时候，杨荻的妈妈才知道自己的女儿谈了一个病鬼男朋友。并且为了这个男朋友，学都不上了。

　　我躺在重症监护室的时候，杨荻的妈妈多次来找杨荻，让杨荻尽快跟我分手。杨荻没有答应，那时候杨荻的妈妈觉得我反正快要死了，不用急于一时，结果我偏偏康复了。

　　我康复后，对于杨荻的妈妈来说，拆散我和杨荻就变成了持久战。她为了打赢这场战争，不惜联合了多年不来往的杨荻的爸爸。

　　他们反对的理由，无非是我身体太差，而且比杨荻大几岁，杨荻跟了我，以后肯定会守寡。他们的女儿这么漂亮，不能随便找个我这样的人就嫁了。

　　在杨荻坚持非我不嫁，不在乎守寡之后，他们又搬出我赚钱少、年纪不小了还没车没房等问题来。

　　杨荻解释说我以前有过车有过房，后来卖了而已。赚钱的事情也不能着急，只要给我们一些时间，车子房子孩子我们都会有的。

　　讲道理没人讲得过我，杨荻跟我在一起久了，一般人跟她讲道理都不是她的对手。但父母是不讲道理的。杨荻的妈妈死活就是不同意我们交往。她坚持认为我会穷一辈子，我活不过四十岁，杨荻跟着我一定会受苦，她不会看走眼。

　　我只好跟杨荻私奔了，我们都是成年人了，受不了父母无休止地指责。父母可能知道的住处我们都没去，我们连西双版纳都没回，而是去了广西的涠洲岛。医生说那里的环境对我身体的康复也有帮助。没事去海边游游泳，可以增强身体的免疫力。

为了找到我们，杨荻的妈妈竟然请了私家侦探，我们刚到涠洲岛，还没来得去那个闻名已久的教堂，就被杨荻的妈妈堵在了餐桌上。

"现在是 21 世纪了，我是成年人，恋爱自由，你不能这样干涉我。"

"我不管你，你以后肯定会后悔，到时候肯定会责备我当初不管教你。"

"我发誓，我绝对不会后悔，我跟你签字画押好不好？我保证，无论我以后生活怎么样，我都不怪你，我一力承担。"

"那不行，我以后还指望你养老呢，你找这么一个男朋友，以后自顾不暇，哪顾得上我？我可就你这一个女儿。"

以上是杨荻和妈妈的对话，这些话他们已经翻来覆去说了很多遍了，但最终，谁也说服不了谁。

我也曾试图出主意，说和妈妈一起，三个人生活，如果真的在生活中发现我不靠谱，她随时可以从我身边带走杨荻。这等于是让她做我们的爱情监护人，但她还是不同意。她觉得女儿年纪轻轻的，不能把时间浪费在我身上，应该去寻找新的伴侣。她已经帮忙物色了不少年轻帅气的小伙子，随时等待女儿的挑选。

我们只好再次逃跑，从涠洲岛的酒店逃到了鼓浪屿，后来又从鼓浪屿逃到了大连、秦皇岛、蓬莱岛，终于在拉萨安定了下来。

倒不是我们一定要在拉萨安定下来，而是到了这里之后，杨荻的妈妈很久都没有找来，不知道是她放弃了还是侦探放弃了，总之我们的坚持，最终获得了暂时的胜利。

其实我真心希望杨荻的妈妈能够把时间放在自己身上，去找一个新的对象，或者和杨荻的爸爸复婚。儿孙自有儿孙福，过度地干涉孩子的生活，并不能让自己的生活变得更好。

但不管我怎么说，都没有用，因为杨荻的妈妈当初就是因为坚持自己的选择嫁给了杨荻的爸爸，最后婚姻破裂，一生失败。她极力地反对，只是不想女儿重蹈自己的覆辙。

然而爱情这种事情，不去试一试，谁会知道最终的成败呢？也许前面五百次都失败了，但最后一次坚持了，就能获得成功。我们不能用自己失败的经历，去剥夺别人尝试的权利。

时代不断地在变化，爱情也在变化。我不知道我和杨荻能否走到最后，但我知道我一定不会轻易放手。

继续坚持下去，杨荻就会发现，我没有她想象中的那么沉稳。

我也有担心害怕的时候，也会慌张不知所措，也渴望回到做错了什么都会被原谅的童年，也希望有人热爱和保护，也有脆弱到快要崩溃的时候。

我希望发现了坚强的伪装下面脆弱得不堪一击的我之后，杨荻依然爱我。

吃　货的
罗曼　蒂克

CHI HUO
DE

/ LUO MAN
DI KE

做我平淡岁月里的星辰

01

如果按照吃来对中国城市排名，长沙排第二，没有地方能够排第一。只不过成都可能会不服气。

我一生中最美好的时光都献给了这两个美食之都，18 岁到 23 岁在四川，23 岁到 28 岁在湖南。不过我长居于这两个地方，倒不是因为美食，而是因为美食养育出来的姑娘。

吃得好，自然容易长得好。就像充分灌溉的花朵会开得格外鲜艳。不过吃要有节制，仙人掌浇多了水会涝死，美少女吃多了也会变成大胖子。

我算是幸运的，在四川和湖南遇到的两个女生都是美少女，都爱吃，都很会吃，也都很节制。不仅仅吃得节制，爱得也节制。

02

我到现在还记得我到成都第一天发生的事情，刚下火车就被穿着铁路工作人员制服的冒牌货带到了一辆黑车上，黑车司机以迅雷不及掩耳之速换了一张假币给我。

　　当然我是后来才知道那是假币的，当时刚上车，司机不打表，要收费五十元才走，我翻翻钱包没零钱，就给了司机一张一百的，司机师傅拿起钱晃了晃又还给我，就已经掉了包。一路颠簸的我早已经被疲惫驱散了防范意识，成都满街飘的火锅味道也让我急于到达目的地洗个澡换身衣服好出来大饱口福。

　　吃饱付款的时候，经过收银员提醒，我才发现那是张假币。刚到成都这一幕，冥冥之中好像预示了我的爱情。急匆匆得到的，总是虚假的，真爱需要一点点来。

　　我吃饱喝足之后，就去了湘雅中学，等待我读"高四"的女朋友放学。我们是网恋，已经网恋了两年，这次是第一次见面。她本来说要去接我的，我觉得不能耽误她学习，她已经是复读生了，如果再考不上，就完蛋了。

　　起码对于她、对于她的家庭来说，考不上大学就完蛋了。对于我来说的话，就算不上高中也没什么了不起的。

　　当然我当时不能这么说，当时的我还是个向着远方独行的浪子，我说什么，别人都不会当回事。谁会相信一个初中退学整天瞎混的家伙，有一天写的书会被收录进教育部语文课题组专家丛书呢？

　　当时的我还有些自卑，觉得自己配不上"白富美"女朋友。

做我平淡岁月里的星辰

所以去学校等她的时候，我买了十九朵金色的玫瑰花，我觉得只有玫瑰花配得上她。

03

我住在离学校不远的宾馆里，两百块钱一晚，我身上的钱只够我住半个月。不过我肯定不会住半个月。我想好了，如果"见光死"，我就去往下一个城市，如果见光没死，我就去租个房子陪她读书。不过那时候只打算陪读高中，没想到一陪就是五年。

她见到我第一句话就是："你怎么长得这么可爱？"

"可爱是满意还是不满意呢？"

"你人都来了，我不满意还能退货吗？"

"退货也可以，我只是替你担心，我这种限量款，绝无仅有的男孩，退了可能就再也买不到了。"

"你比网上还贫，走吧，姐带你去吃火锅。"

"我已经吃过冒菜了。"

"冒菜怎么能跟火锅比呢？"

"怎么不能比？火锅是一群人的冒菜，冒菜是一个人的火锅。这不是你们四川人的座右铭吗？"

"一看你就是个外地人。"

最后那天我们没去吃火锅，也没有再吃冒菜，而是吃了小谭豆花。味道超级好，名字超级复杂的面和豆花的名字我已经忘记了，只记得叶儿粑，软软的有点像小时候外婆做的糍粑。

接下来的几天，我们吃了龙抄手、水煮鱼、钵钵鸡和各种干锅火锅，吃到第七天的时候，她说，恭喜你，通过了我的考验，合格了。

然后我们去租了房子。在她看来，是否聊得到一起，是否玩得到一起都没有是否吃得到一起重要。如果她无辣不欢，我是素食主义者，那么我们趁早一拍两散。

还好，我有一颗海纳百川的胃，或者说河南人在适应能力方面是国内第一的，到四川的第一周，我非但没有水土不服，反而深深地爱上了四川味道，跟我生来就是个四川人一样。

04

女朋友读书的学校在三环，好吃的东西集中在一环，沿途也有一些店。从她"高四"到大四这五年，我们吃遍了每一环。把有些店面从开业吃到关张，把有些店面从独一家，吃成了连锁。

做我平淡岁月里的星辰

　　女朋友是个恋旧的人，她读的高中本来就是大学的附属中学，所以后来直接就去了一墙之隔的大学。于是我租的房子地址也一直没变，只是租金在五年里翻了一倍，从七百五涨到了一千五。

　　那时候成都的房价只有现在的三分之一，因为租得太久，和房东熟悉了，他常常刺激我说，他当时买了四套房子，以租养贷，现在随便卖一套就能赚回当初买四套房子的钱。他的话总是会让我想起《解忧杂货店》里那个预知未来所以疯狂买卖房产的人。如果我也知道未来会发生什么，那我肯定不会租房子了。不过也许那样我甚至不会来四川了，知道了会分手，有时候就不想谈恋爱了。所以先知先觉也分事情，有些事情太早知道了，人生就无趣了。

　　和女朋友在一起的时候，我从来没有想过我们有一天会分开。我觉得我们就像对方的左右手，天生就是要在一起一辈子的。她的爸妈和我的爸妈也都很喜欢我们。逢年过节，我们都是在对方家里过的。一点没有拘束感和陌生感。

　　我喜欢下象棋，女友的叔叔也喜欢下象棋，有时候我们一整天都在下象棋。女友的妈妈就给我们做好吃的，酥饼、脆糖、燃面之类的。女友变成吃货，我觉得女友的妈妈功不可没。吃过她做的东西之后，再麻木的人都会对美食产生兴趣。

　　我最喜欢女友的妈妈做的腊肉和腊肠，纯手工的，春节做一次，够一家人吃一年。每次吃饭的时候切上两盘，够一家人吃撑。

后来分手了，回想起来，最难过的，就是吃不到女友妈妈做的好吃的了，其次才是，女友温暖的怀抱再也不需要我了。

05

房子刚租好的时候，打扫房间，从书架上找出一瓶未拆封的防狼喷雾。房东说前室友是个绝色大美女，说的时候我还不信，看到防狼装备我才服了。因为从未用过，好奇心作祟，我就打开喷了一下，然后就窒息了。

女友因为这个嘲笑了我半个月。世界上最可怕的气味可能就是防狼喷雾了，吸一口，顶得上吸一万口雾霾。

为了补偿给口舌鼻腔造成的伤害，我们去吃串串。和吃钵钵鸡差不多，都是烫好了蘸酱吃。吃了一百多串，才把防狼喷雾的味道压下去。当然，也可以理解为一吃就停不下来了。

因为租的房子里可以做饭，有时候我们也在家里自己煮火锅、烤茄子，或者蒸炸一些面点。女朋友最拿手的是做冰皮月饼，我最拿手的有番茄蛋面和咖喱饭。

吃饱喝足了，我们就坐在地毯上，靠着沙发，看电脑上那些免费的片子。说实话我们不怎么看得到一起，但吃饱喝足了，人就没有那么挑剔了。

不过这都是她上大学以后的事情了，上大学之前那一年，她陪我的时间很少，我为了能吃饱，也为了打发时间，就去饭店找了份工作，然后顺利地从一百二十斤胖到了一百五十斤。用女朋友的话说就是我更可爱了。

06

我去的那家饭店，是一家中餐馆，我负责后厨工作。主要就是检查厨师每天的备料和备菜，也负责尝菜，就是厨师每做好一道菜，我要先尝一口，确定味道不错才能上桌给客人吃。所以我每天都不能吃饭，因为一道菜尝一口，一天下来就是几百口，有时候太撑了，尝尝味道就吐了。

女朋友的体重也在这段时间突飞猛进，因为每天我都给她送饭，四菜一汤，而且每天不重样。但不管怎么长，她都长不过一百斤。她觉得自己胖了，我却觉得只是丰腴。毕竟她有一米六八呢。

很多人都觉得，追求的过程是美妙的，因为还没捅破那层纸，神秘和隐私让人浮想联翩。所以才有人说，最美不过初相见。

但是我记性差，几乎记不起一开始是因为什么而对对方心动的了，也不觉得追求时比在一起之后更美好。我觉得坦诚相见后的相看两不厌，才是最美妙的状态。忐忑等待着那种感觉，实在不适合我这种喜欢大碗喝酒大块吃肉的人，女朋友也不喜欢半推半就。她要是发现她喜欢了，会第一时间主动按倒。

我们吃遍成都的美食后，就趁着周末和寒暑假探索其他地方，先是去了峨眉山，然后去了都江堰、青城山、资阳、简阳、绵阳和九寨沟。印象深刻的是峨眉山的豆腐脑、青城山的腊肉回锅肉、资阳的伤心凉粉和牌坊面、简阳的羊肉汤、九寨沟的青稞饼。去绵阳的时候赶上地震，吓哭了，想不起来当时吃了什么。

在吃这件事上，我属于后天养成的，也就是被女友带出来的，我能吃，爱吃，但是不吃也能过。可是女友不行，不吃遍天下，她是不甘心的。

我们后来又去了西安，吃回民街的镜饼、钟鼓楼的雪糕，还有城墙脚下的牛羊肉泡馍以及擀面皮。我也带她去了老家，在开封吃遍了宋朝美食。后来又去厦门，住在鼓浪屿上吃了一个月海鲜。

她心心念念想到长沙来，但是阴差阳错，我们后来去大理去拉萨去长春，几乎跑遍了中国，却一直没到长沙。

等到想去长沙的时候，我们的感情已经走到了尽头。因为她想出国留学，去世界各地继续吃下去，而我想结婚，想安安分分地过日子。

我觉得我这些年的胡吃海喝，都是在演戏。她是一个吃货，而我只是爱上了一个吃货，所以把自己也变成了吃货。

她坐飞机走的时候，我没送她，我买了到长沙的火车票。孤身一人，替她到这个她向往已久的城市，我本来打算吃一个月就走，结果因为另外一个女孩子，一吃就又是五年。

07

长沙的食物，关键词就是辣。四川还用胡椒麻一下，让你缓和缓和，长沙是干脆利索，直接辣到你想哭。

我到长沙吃的第一顿香锅，跟服务员再三交代，不需要太辣，最后还是把嘴唇吃肿了，喝了四五瓶王老吉也没消肿。

因为失恋，刚到长沙的时候，每次吃饭我都点酒，南方人不爱喝白酒，我又不爱喝啤酒，于是就点梅酒喝，因为度数低，一次一个人能喝一瓶。

我后来每到一地，必喝当地的酒，这习惯就是在长沙养成的。喝了这么多年，除了梅子酒，陕西的稠酒算是最爱，其次是绍兴黄酒和内蒙的马奶酒，都带点甜味。可能是心里太苦了，喝点甜酒，多少会好受些。

认识伊妹，就是在喝酒的时候。那天下了雨，长沙总是下雨，衣服洗了，常常半个月都不干。我洗完衣服，就去了住所附近的地下商场，那里有一家陕西饭馆，在地下一层。

那天因为已经过了饭点，店里人不多，算上我就两桌，另外一桌就是伊妹，她也是独自一个人在喝稠酒，明知道喝不醉，但还是喝得兴致勃勃。

喝到店家打烊的时候，我们都喝了有三壶，显然大家都没有喝尽兴。喝酒的时候她一直看我，我时而也看她。

等店家打烊，我从店里出来，她就跟着我上了电梯。我没说话，就在前面走，我知道附近有一家店卖烧烤，有梅子酒，凌晨两三点才会打烊。只是不知道下雨天开不开门。

她在我后面慢慢跟着，一副初来乍到的样子，等我找到那家店，坐下来，店家还没有上酒上菜的时候，她就在我旁边坐下了。

"一起喝？"我问。

"嗯。"她点头，拿衣服擦了擦被小雨打湿的头发。

"有心事？"我又问。

"嗯。"她再次回答的时候，店家已经端了酒过来。

"来两瓶吧。"我对店家说道。

那天吃饱喝足，我倒是没事，伊妹已经醉了。问她住哪儿，她说无家可归。我这才发现，她对人是不设防的。

我带她回了家，她睡床，我通宵写作。第二天醒来，她说：难得遇到你这样的正人君子，竟然不知道乘人之危，是我不美吗？

"美，你是我遇到的最美的女孩子。正是因为你美，我才觉得，不能轻易亵渎。"

"呵呵，你们男人，在没有得到的时候，都是这么能花言巧语。真得到了，还不是一摊烂肉。"

"你是失恋了吗？"

"不然谁会一个人喝闷酒？"

"你在这个城市里没有朋友？"

"你有吗？"

"以前没有，现在有了。"

"我也是。"

08

第二天一早，我们去吃血鸭，中午伊妹儿又带我去吃了肥肠粉。

她对这个城市是陌生的，但对美食不陌生。我们俩吃的东西加起来，可以构成完整的长沙地图。

她习惯在河西吃，我习惯在河东吃。我们能碰到一起，要感谢那家陕西面馆的稠酒，世上如果没有好吃的，可能再过十年我们也难相遇。

我过去从来不吃动物内脏，什么鹅肠猪脑兔头，想想都吓人，但是伊妹最爱这些。她每次主动带我去吃的，都是这些怪异的东西，甚至还带我去吃了一次蛇。

所以后来为了避免吃这些东西，都是我主动带她，去吃老灶鸡啦，吊锅牛腩啦，相对来说美味又正常点的食物。

吃饭的时候，我和伊妹什么都可以聊，没有任何禁忌，聊什么都不影响我们的胃口。有时候吃到和前女友一起吃过的味道，我会不由自主地停下来，发一会儿呆。

她问我，我就如实相告，我说和前女友分开的时候，我以为我这辈子再也遇不上可以一起品尝美食的人了，没想到又遇到了更好的你。

她说她和前男友分开的时候，也以为这辈子完蛋了，再也不可能有更好的人了，结果很快就遇到了更好的人。

由此可见，失恋不可怕，可怕的是从此再也遇不到更好的人，

做我平淡岁月里的星辰

如果很快就遇到了更好的人，那失恋就没什么大不了的。

我跟伊妹约好了，我们谁也不独自出国，我们要先品尝过中国大江南北的好吃的再说。国外的美食，怎么能跟中国比呢？中国料理排第二，世界上没人敢排第一。同一种食材，我们有炒、炸、卤、炖、蒸、煮、油焖等无数种做法，国外呢，能够弄熟就不错了。

伊妹赞同我的说法，我们吃了无数次不同口味不同做法的米饭，宽粉圆粉炒粉煮粉，又去吃桂林的干拌粉、柳州的螺蛳粉。我们吃遍了坡子街，吃得身上都有一股子臭豆腐的味道，吃得打嗝都是糖油粑粑的味道。

然后我们开始踏上《舌尖上的中国》之旅，我们打算把那个节目里报道过的美食，从东往西，从南往北，吃个遍。

我们吃到延吉冷面的时候，我身在异国他乡的前女友给我打来电话。她说，她想回国了，想跟我一起去吃火锅了。

我犹豫了一下，还是挂了电话，我想她应该不是没有看到我朋友圈里和伊妹的合照，抑或她故意对我的新动态视而不见。可是视而不见不代表没有发生，人生中很多事情，只能做一次选择，做完选择，就不能反悔了。

没有谁会一直在原地等谁，如果等了，不是因为他长情，而是因为他不够优秀，不值得被更多更好的人热爱。

　　当然，我说的"一直"，是一辈子。我在爱情小说里写过无数痴情的人，但放在我自己身上，我觉得我做不到。我能够做到心中有爱，但不会一直爱一个放弃过我的人。说到底，我想我更爱的，还是我自己。而谁又不是呢？这是与生俱来的本能。

真爱来迟一步

01

　　失恋的次数多了以后，我发现了一个规律。就跟有人说，失败是成功之母，有人说失恋是两次恋爱之间的一次休息一样，我发现对于我来说，只要一失恋，就离新的恋情不远了。

　　恋爱的时候，根本无暇他顾，喜欢你的人看到你有对象，也会对你敬而远之。一旦失恋，这些平日远远观望的人就会一拥而上，把你撕得粉碎，最后留下来过夜的那个，就是你的新欢。

　　同样，我在喜欢一个人的时候，也盼望她失恋。这样虽然很不厚道很自私，却是我这些年来真实的内心写照。如果硬要说我希望我心爱的人幸福，即便陪伴在她身边的人不是我，我也说得出口，只不过言不由衷罢了。

　　因为骨子里总是会执拗地觉得，没有我的陪伴，她的幸福一定是伪装的。那个口口声声说爱她的人，一定不如我那么爱她，一定会离开她，我只需要等就好了。

做我平淡岁月里的星辰

02

　　我喜欢上若晴的第二年，在一次醉酒后，被我室友知道了。我的室友是个巨胖无比的家伙，他对我说，相比若晴的其他追求者，你太穷了，若晴不会喜欢你的。若晴的历任男友不仅帅，还很有钱。

　　这个世界上就是有这么多不公平的事情。就像《马太福音》里说的那样，凡有的，要加给他让他多余，没有的，连他所有的也要夺过来。

　　若晴的那些男友已经很帅了，为什么还要有那么多钱呢？既然已经有钱也很帅了，为什么还要跟我抢若晴呢？好吧，他们并没有抢，他们是两情相悦。可是我只有一个若晴，只喜欢若晴，他们可以喜欢很多人嘛，很多人也会喜欢他们。

　　我一无所有，只有对一个女孩子满满的爱。而若晴的男友，有钱帅气，还拥有一个美貌善良可爱的女孩子。我想不通，却只能接受。

　　我倒是可以去奋斗，去赚取我没有的一切，只是等到我想要的都有了，若晴估计早嫁人了。爱情是不等人的，钱没有可以赚，长得不帅可以整容。唯独你爱的那个人是独一无二的，现在不爱你，就永远也不会爱你。就算以后因为你的富足帅气爱你了，那也不是当初你爱的她了。

那是我到北京的第一年，刚刚拿到驾照，驾驶技术还不熟练，刚上路就追尾了若晴的车。她开的是玛莎拉蒂，我开的是捷达。当时我就蒙了，还好她不仅没有骂我，还留了联系方式给我，让我周末跟她一起去修车。

如果开玛莎拉蒂的不是若晴，我可能一辈子也不会给她打电话约她去修车，虽然花不了多少钱，但我作为一个浑蛋，怎么会去负这样的责任呢？

可惜凡事没有如果，我看到若晴的第一眼，就明白这车我修定了，花再多钱都在所不惜，就算她让我帮她加装一个行车记录仪或者换个导航我也乐意之至。

03

若晴当时没有跟我计较，一来是不想阻碍交通，二来是和男朋友约了吃饭，怕迟到了。她很在乎她的男朋友，所以她从来不迟到。由此可以看出，有的人有"拖延症"是假的，只是因为你在对方心里不重要，所以你才会被拖延。

做我平淡岁月里的星辰

第一次和若晴约会，虽然是约修车，但对于我来说是很庄重的事情，我换了新发型，买了新衣服，还给我的破车打了蜡，但是这些都没用，若晴还是迟到了三个小时，并且一点也不觉得自己过分。

在等修车师傅补漆的时候，我问若晴要了微信，我说万一以后车有什么后遗症，好及时联系我。

其实能有什么后遗症呢？只是很轻的追尾，掉了点漆，又不是人，会得脑震荡什么的。若晴加我微信的时候，一边嚼着泡泡糖一边说："车倒是不会有什么后遗症，人就说不好了，你不知道你那天差点把我吓死，手机都被你撞飞了。"

"开车玩手机不好，我按喇叭提醒你，你不理我，我一着急，就撞上了。"

"我戴着耳机呢，谁听得到你按喇叭？不是，你刚才说什么？你撞我，是为了提醒我开车不要玩手机？"

"开玩笑，开玩笑。"

"一点儿也不好笑。"

气氛顿时尴尬了起来。大概尴尬了有十分钟，若晴突然尖叫了一声，好像哥伦布发现了新大陆。

"你是一个作家？你叫马叛？"

"是啊。"

"哎呀，我男朋友可喜欢你了。你给我签个名吧？修车费我不要了，就当是缘分吧。"若晴的态度一百八十度大转弯，不过在我答应签名并和她一起修好车离开的时候，她看着我的车，还是补了我一刀，"都说穷秀才穷秀才，没想到几百年过去了，文化人还是这么穷。"

04

第一次非正式约会，我就丢了新时代全体文化人的脸。我寻思要是有机会再见面，我借也得借一辆法拉利开开。

结果不但没有等来第二次约会，当天晚上，我发现我就看不到她的朋友圈了，发消息过去，微信提示说她已经不是我的好友了。

我不甘心，因为她的微信是电话号码，我就打了电话过去："怎么这么绝情这么冷漠，车一修好，就把肇事司机删了？"

"不删，留着过年？"

"你不是说你男朋友是我的'迷弟'吗？"

"其实就是我男朋友删的啦，可能他在你面前没有自信吧。觉得我还是离你远一些好。他看过你太多书了，知道你是个花心大萝卜。"

"天地良心，书是书，我是我。你男朋友太霸道了，换个男朋友吧。"

"你这样说我可是要跟你翻脸的。反正，以后有缘再说吧。我要去做饭啦，等下男朋友回来看我还没做饭，会骂我的。"

挂了电话，我有点不开心。为什么好姑娘都有对象了？为什么这么好的姑娘，她的对象在我面前会没有自信？没道理嘛。

就在我发呆的时候，手机又响了，微信有一条新加好友的消息，验证消息就六个字——在下若晴男友。

我通过了验证。

"我女朋友每次交新朋友都会跟我汇报，我都会替他把把关，按说您才高八斗学富五车，我从小就看您的书，不该对你也审查。但是如果破例，我担心女朋友以后会经常让我破例，所以希望您多包涵。"

"你是在跟我秀恩爱吗？"

"不敢，我就是好奇，若晴说您的座驾是捷达，说您看上去好像还没对象，所以我好奇，您真的是写过《剑客没有剑》的马叛吗？"

"作家贫穷是很正常的事情。"

"可是优秀的作家大都不贫穷吧。"

"我怎么这么不爱跟你聊天呢！曹雪芹穷不穷？陶渊明穷不穷？"

"可曹雪芹曾经富裕过，陶渊明是拒绝富贵。按照若晴的看法，您好像从来都没有富过，也没有过拒绝富的机会。"

我把他删了。

然后像一切都没有发生过，我没有追尾遇到若晴，没有对她感兴趣，没有被删好友，也不知道她男朋友是个神经病。

05

再次遇到若晴，是追尾几个月后。我到楼上拿快递，恰好她也在。问了才知道，她已经搬过来很久了。

"之前实在不好意思，我男朋友删了你，还用我的手机冒充我跟你聊天。我一直想跟你道歉，但一直没鼓起勇气，现在终于有机会了。我重新加你吧？"

"还是算了，我怕加了之后再被你男友删了。"

"不会啦，我们已经分手了。"

"分手了？"

做我平淡岁月里的星辰

　　"当然，不然我怎么会搬家？也是巧了，没想到你也住这个小区，还是同一栋楼，以前怎么没见过你？我搬来有两个月了。"

　　"我最近在写新书，刚写完，写书的时候就很少外出走动。"

　　"嗯，那加好友吗？"若晴晃了晃手机。

　　"加，不仅要加，晚上有空吗？有空庆祝一下？"

　　"庆祝我失恋？"

　　"庆祝我新书写完，庆祝我们久别重逢呀！"

　　不仅换了男友，若晴的车也换了。新车是一辆阿斯顿·马丁，她说是朋友送的，朋友还送了她一套别墅，但是还没装修，所以她暂时租了个房子。

　　"我没什么钱，只是有一帮舍得花钱的朋友罢了。"若晴自嘲道。

　　"金钱是身外之物，开心就好。"嘴上这么说，我心里却在想，豪车，别墅，这样的朋友去哪里找？这分明就是追求者吧。如果说有的人有"吸金体质"，若晴就是有"吸豪体质"吧。

　　"是啊，开心就好。说实话，和他们在五星酒店吃饭一点也不自在，我还是喜欢像这样跟你在一起吃路边摊。"

　　"你真是个善解人意的好姑娘。"

　　若晴是个很开放的姑娘，那天吃完饭，如果不是我家里还有个胖室友，我就带她回家了，也不干什么，就是送她几本我最近出的书。她虽然每天都生活在纸醉金迷里，但看书这个爱好一直都没丢，只不过她以前从不看我这种活着的青年作家写的书。

加了微信之后，若晴有事没事就问我一些感情问题，用她的话说，写爱情小说的作家，情商一定特别高，所以她觉得在感情上，我的判断准没错。

若晴失恋后，遇到了很多追求者，其中她觉得值得考虑的有两个，一个是不计得失上来就送豪车别墅的，另外一个在美国留学，长得很帅还很有学问。她最近疯狂学外语，就是想去美国，和那个长得很帅很有学问的家伙谈谈恋爱。

我作为若晴的爱情顾问，给她提出的建议是，国外那个比较好。之所以这样说，当然也是有我的私心的。因为一旦投入国内这个大"土豪"的怀抱，若晴肯定没空跟我玩了。而国外那个，起码她们还需要一段时间培养感情，若晴也需要一段时间学好英语。

06

红豆生南国，是很遥远的事情。

相思算什么，早无人在意。

醉卧不夜城，处处霓虹。

酒杯中好一片滥滥风情。

最肯忘却古人诗，最不屑一顾是相思。

守着爱怕人笑，还怕人看清。

春又来看红豆开，竟不见有情人去采。

　　这是若晴最喜欢的一首歌的歌词，手机铃声、闹钟音乐甚至催眠曲都是这首歌。通过这首歌，可以感觉出她的矛盾。有时候我真想，干脆我牺牲一下自己照顾她好了。可是，认真想想，她要的生活，真不是我能给的。真和我在一起，她会很寂寞吧。我虽然有趣，可是没钱啊。遇到若晴后，我才发现，太喜欢一个人了，确实会自卑。过去遇到漂亮女孩子，我都是想着，先得到了再说吧。现在我居然开始考虑起人家的终身大事了。我觉得这不是我长大了有责任心了，这是真爱了。

　　"你说人的选择多了，是不是就等于没了选择？"因为住在一个小区，可以经常一起吃饭，记不得第几次吃火锅时若晴这样问我。

　　"还在两个追求者之间犹豫不决？"

　　"是啊，我觉得他们都挺好的，要是其中有一个放弃我了，我就选择另外一个人了，让我主动放弃其中一个吧，总有点不放心。"

"他们俩也知道你在他们之间犹豫不决吧？"

"当然。这种事情也不好瞒，毕竟是要选择一个过一辈子的人。坦诚是第一位的。"

"如果一直下不定决心，也许是都不够爱呢，要不都放弃了，再看看别的？"

"你真是会说笑，哪那么容易遇到真爱，遇到合适的就不错了。"

"既然两个都合适，那就抛硬币？"

"不能这么草率，你之前不是还劝我留着国外那个？"

"但是你并没有放弃国内这个啊。"

"你不知道，一个女孩子顺利长大是多么艰难的事情，我经历千难万险终于长大了，在择偶这件终身大事上慎重点，也没什么不好吧？你买辆车不是还挑三拣四的？"

"我那是钱少，钱多我就直接买法拉利了。"

卖掉捷达后，我添了点钱买了辆奔驰。室友嘲笑我说我虚荣，我是觉得，让若晴坐在我的捷达上，有点委屈她。我又不想坐在别人给她买的车上。我们两个出去玩，一人开一辆车又不够亲密。

做我平淡岁月里的星辰

买了奔驰不久，若晴就装修好了大别墅，准备搬家了。这时候，我的室友也认识了若晴——当然是通过我。搬家是力气活儿，我的胖室友最适合干这样的活儿。

搬家的时候，我的胖室友看出来了，我对若晴有意思，我相信若晴自己肯定也有感觉，只是她一直不愿意面对这件事吧。可能在她心里，我还达不到恋人的及格线，勉强可以做个好朋友罢了。

和小姑娘谈恋爱，一个冰淇淋、一张电影票也许就搞定了。和成熟的女人谈恋爱，身份地位收入都是衡量你的标尺，当然，她需要的很多东西她自己都能搞定，但不管她需要不需要，你如果没有，那就是不配。当然，这仅仅是我这样性格的人的爱情观。也有许多人会觉得门当户对不重要，甚至就爱扮弱小打着爱情的名义占对方的便宜。

我一开始就带着不能占人家便宜这样的心理，迟迟没有表白。虽然也担心这样会错过，但错过总比铸成过错好。

07

若晴最后没有听我的，确切地说，是一切没有按照她希望的发展。她在国外那个追求者，后来去追求别人了，于是她选择了国内这个。我也没有因此而责怪她，毕竟人家都买了豪车和别墅，答应了，也不算委屈。

国内这个追求者，比他大十岁，属于黄金单身汉，他喜欢若晴，不仅是因为若晴美，更重要的原因是她身上有文化气质。若晴答应跟他在一起后，就跟他介绍了我。然后，我的朋友圈里就出现了一个开劳斯莱斯幻影的文艺青年。

很多人都有仇富心理，我也不例外，一看到富有得无与伦比的人，总忍不住揣测对方的钱财来路不正。忍不住想离这样的人远一些，因为和这样的人在一起会莫名其妙地没有安全感，好像自己的人生自己无法做主了，一切都要围绕对方去转。换句话说，就是穷习惯了，太富裕的环境让人不适应不自在。

所以后来若晴也好，她的新男友也好，再约我，我都婉言谢绝了。我把自己关在房间里，感觉自己失恋了。曾经沧海难为水，除却巫山不是云，我以为以后再难爱上别人了。

这样的情形维持了两个月我就受不了，离开了北京，搬家到了大理生活。在云和山之间，没有爱情也可以生活。

虽然不在同一个城市了，偶尔通过朋友圈，还是可以看到若晴的生活，她很快订了婚，蜜月是在游轮上度过的，婚后不久她就生了个小宝宝。然后她老公有了新欢。

做我平淡岁月里的星辰

也就是两年的时间吧，那金钱堆砌起来的幸福生活就轰然倒塌了。换成是别人，可能就隐忍了，等老公年纪大了，收心了就好了。可若晴没隐忍，孩子都没要，选择了净身出户，她厌倦了的人，就不想再与其有任何瓜葛。

办完一切手续后，她又向我求助，我就邀请她到大理来，住在白族民居里，休息一段时间。反正只要还活着，这都不算大不了的事情，都能过去。毕竟还年轻嘛。

写这篇文章的时候，若晴已经跟我搬到了一起，每天做饭给我吃，我的作息因为她的到来变得规律起来。

每天早起听歌写作，上午爬山，下午一起看书。经过这一切之后，我们都发现，其实幸福生活不需要太多钱。

经过这一切之后，我们也发现，好的爱情需要时间历练，一时的得失算不了什么，生命很长，相爱的会分开，分开的会再相爱。我们能做到的只有在一起的时候好好在一起，分开了就祝福对方。

不过不管怎么说，我最后还是得到了我想要的女孩子。如果说失恋是爱情的前奏，这前奏未免长了一点，但是无所谓，好饭不怕晚，真爱总是会来迟一步。

多数　激情
死　于放纵

DUO SHU
JI QING

SI YU
FANG ZONG

01

李林花身高一米七五，大眼睛，留长发，胸挺肤白，腰腿都细，有点像我最爱的演员王祖贤。

在女生中，这样的身材配上"恨天高"的话，很多人都得仰视。我也不例外，最初注意到她，就是因为她的身高。

那是在乐队兼职的时候，队长接了个商厦开业庆典的活儿，除了我们这个弹琴唱歌的乐队，商厦还请了十几个模特走秀。

中途在后台候场的时候，我正靠着桌子心不在焉拨弄吉他，就看到一个雪白的倩影从我眼前平移了过去。我抬起头，就看到了李林花白花花的背影。

应商厦的要求，那天的模特都穿着肚兜和短裙，整个背都露在外面，胸大的，半个胸都藏不住。我不否认，李林花——后来我就叫她小花了——是靠身材和容貌打动了我，尽管听上去很浅薄，但年轻的男人，大都是浅薄的。

那天的演出格外成功，主要原因是我太兴奋，顺便带动了其他队员的情绪，我把我拿手的歌唱了个遍，成功地吸引了小花的注意。

我们互相留了联系方式，演出结束后的几天又一起吃了两次饭，虽然没有具体进展，但男女接触不一定非要谈恋爱，做朋友也挺好的。好吧我承认是我魅力不够，没有一出手就拿下，但是几次接触下来，她的事情我基本上都知道了。

02

那时候我们都在应城，我在那里是因为没什么好玩的地方可以去，她在那里则是跟随嫁到应城的姐姐，做了"陪嫁丫头"。

在来应城之前，她一直住在乡下，如果不是姐姐外出打工意外嫁了个城里人，她可能一辈子都在乡下，就在村头找个不错的小伙子嫁了。

她原本是不喜欢城市的，城市里人太多，走路都要看灯，不像乡下可以肆无忌惮地随意奔跑。城市里规矩太多太吵闹，做什么都怕打扰到别人。她年少的时候来过一次应城，后来就再也不想来了。

但是长大后，姐姐再三诱惑，加上父母也希望她出去赚钱，没有选择的她还是来了应城。来了之后她就发现，比起小时候，城市里的人更多更乱了。她在应城待得一点儿也不开心，尤其是

做我平淡岁月里的星辰

被迫跟姐姐穿着暴露的衣服走秀的时候。台下很多女观众都是带着恨意看她们的，因为她们与众不同，因为她们高高在上，当然主要是因为她们把男人的目光都吸引住了，显得台下的女性很没有存在感。

就算是不走秀，穿着平底鞋和厚实的衣服逛街的时候，她的身材她的容貌还是会让男人忍不住频频回头。有时候，美丽就是一种错误。在乡下的时候，她觉得还是蛮自然的，周围都是认识的人，不是亲戚就是亲戚的亲戚。等到了城市里待了几个月再回去的时候，她发现乡下也容不下她了，亲戚们都用异样的眼神看她，背后还诋毁她，说她在城市里从事见不得人的行业。

故乡回不去，城市待得烦，就是在这样的状态下，小花认识了我。那时候的我，还处于吊儿郎当混日子的状态，对一切都抱着爱谁谁、爱咋地咋地，反正不用我负责的心态。所以我建议小花出国。

其实我根本没去过国外，我只是靠着我从电视和网络上了解的国外，加上想象，跟小花描绘出了一个地广人稀，居民之间彼此友好相处，互相尊重，互相不打扰的世外桃源。

我只是没话找话随口那么一推荐，没想到她竟然当了真，隔几天再见，她随身竟然带着复读机和一本单词书。她说她跟姐姐姐夫说了，他们俩也赞成她出国，至于出去做什么，她还没想好，反正先出去再说吧。

03

说实话，那时候我觉得出国离我挺远的，我没有受过高等教育，也没有远大的梦想。我觉得做人上人太累了，于是就心安理得地平庸着。

但是在我那时候生活的并不算大的应城，出国的人还蛮多的。那时候我不觉得有什么奇怪的，人各有志嘛，想去哪里就去哪里。国内有国内的问题，国外有国外的问题，全看个人适合哪里了。而且出国需要太多钱，我那时候穷得请小花吃饭都要隔几天请一次，天天请会让我破产。

但是在我写这篇文章的时候，回忆起小花，是因为看到了一条时评，时评里那个中年男人愤慨地说道："现在出国的人越来越多了，出去看看，学点知识回来学以致用报效祖国没有什么不好的。但是有些人，在国内挣够了钱，却带着钱移民到了国外。这就有些不道德了。这些人觉得钱是自己辛苦赚来的，通过自己能力赚来的，自己有支配的权利，可是拿这些钱改变了国籍，把钱带到了国外去消费，真的合情合理吗？"

　　在这个社会，有人穷就有人富，贫富差距可大可小。我们都知道我们国家过去很穷，欠了很多外债，后来我们改革开放了才富裕起来。那时候大家吃大锅饭。后来让一部分人先富起来，先进带后进。于是富的人多了起来，可是穷的也不少。穷的真是因为懒吗？也不全是，现在更多的穷人是因为资源分配不对等，得不到教育和就业的机会，根本就是穷忙，富不起来。而很多富人，是因为开放了高考，赶上了时代的机会，如果社会模式不变，很多人现在还在种地喂猪。是社会制度改变了一些人的命运，个人的能力在社会制度大环境下是非常渺小的。

　　所以贫也好，富也好，我们想的更多的应该是怎么把这个社会变好，而不是只顾着自己。

　　而只想着自己的典型例子，在我周围，就属小花了。在应城的那段时光里，我们在公园里，在游乐场，在她家或者我家相聚的时候，她都带着随身听和单词书。

　　我那时候不知道这是好事还是坏事，我给她出的主意改变了她，导致她只剩下我这一个朋友了。别的朋友都对她想出国这件事抱着看笑话的态度，别人越是这样，她越是卖力学外语。不仅如此，她还希望我也学外语。她说："既然你知道这世界上有个世外桃源，干吗不努力过去生活呢？"

我无言以对，我不能说那个世外桃源是我想象的，我自己也没体验过，也许根本不存在。我要是这样说了，我就变成骗子了。因为我之前说的是国外非常好，比乡下好，比我们生活的应城更好。

可是我不想学外语，太痛苦了，学习任何技能都是痛苦的。我宁愿在这个庸俗的世界里混吃等死，也不想去那个虚无缥缈的世外桃源改变自己。

后来小花可能也感觉出了我的言不由衷，来找我的次数少了，后来干脆不找我了，我约她，她总是推托说忙。我那时候年纪轻轻，一心想着谈恋爱，这个妹子虽然美，但是每次约会都不提恋爱的事情，时间久了我也烦了。后来有了新的妹子追我，我就答应了，小花就被我丢到了脑后。

04

等我热恋完又失恋，小花已经到了国外，她先是在香港待了一段时间，后来交了个法国的男友，就去了法国。到了法国后她又跟男友分手，嫁给了一个美国人，拿到了美国绿卡。后来又离婚了。

我们的生活越来越远，"三观"也越来越不合，后来干脆就

做我平淡岁月里的星辰

不联系了。直到有一年，她从国外回来，不知道是通过谁找到了我的联系方式。

她问我当时为什么不追她，如果我疯狂追她，她肯定会答应的。如果我那时候用爱情的名义留住她，也许她会跟我一直待在应城。

我以为她是在外国过得不好才这么说，结果她说她过得很好，就是心里空落落的，毕竟是在异国他乡。她说她是因为我的话才出了国改变了她的人生，所以她总是会想起我，她觉得我应该对她的人生负一定的责任，不应该突然就消失了。

我心说您都嫁人了离婚了，我还纠缠您，那我成什么人了？每个人都有底线，我不能用爱的名义不要脸吧？虽然这个世界上很多人打着爱的名义干着不要脸的勾当。

话说回来，我虽然洁身自好，严以律己，但是听说她离婚了，想回国看看我的时候，我还是答应去机场接她了。

太多年没有见，我快要认不出她了。她迎面向我走来的时候，我还以为她是我身后的人的朋友，直到她抱住我。

她比在国内的时候奔放多了。我给她订了酒店，她不住，一定要去我的住所，最后我感觉自己被她"搞定"了。

我的住所很小，比起她在国外的大别墅，简直像个狗窝。单身男文艺青年，而且是落魄的单身男文艺青年的住所，很难不乱。

05

　　她在国外做的工作，类似《北京遇上西雅图之不二情书》里吴秀波饰演角色的工作，算是房地产中介，她因为人漂亮，去国外又早，英语也说得不错，在业内算是一顶一的存在。

　　她在睡醒后就开始挑剔我的生活："你当初作为一个歌手，是歌手里的三流歌手。现在作为一个作家，怎么可以继续做三流作家？你怎么没有上进心呢？你应该规划一下自己的生活。光靠才华是不够的，你应该经营你的人脉，你应该懂得炒作……"

　　总之说一堆全是我不爱听的话。过去她作为一个乡下姑娘，都是听我说外面的世界，听我说怎么规划自己的人生。现在报应来了，我变成了只能沉默倾听的人。

　　她过得确实自由自在，潇洒美丽。可是我不羡慕，而且我有些看不惯她颐指气使的样子，她过得太顺了，被太多人惯着了才会这样。莫名其妙的优越感。

　　穷人不应该仇富，可是富人也不应该鄙视穷人，不应该觉得穷人的穷就是因为懒。其实有的人是甘于穷的，比如我。

　　我一有钱就花掉，带在身上会觉得特别不舒服，我觉得钱把我变成了另外一个人。我觉得只有贫穷的时候我才能理智地思考。

到现在，有时候钱多得实在一时半会儿花不完了，我就去买个房子，尽可能地买大房子，这样钱不但能花完，有时候还得贷款。

所以说人的金钱观是不一样的，不能以贫富论英雄。有钱未必就是成功，贫穷未必就是失败。哲学家康德一辈子没出过他的小镇子，眼界却大过天。有的人全球旅行了，依旧是井底之蛙。

06

我一生用尽力气敲打文学的门，开门的却是哲学。我跟小花讨论哲学问题，她觉得我有病，她说她帮我想好了，她可以带我去国外，我们在国外开个店。

"我都没有想好要不要做你男朋友。"

"我有钱、年轻、漂亮，你为什么不愿意做我男朋友？你现在落魄成什么样了！"

"可是你结过婚离过婚啊。"

"这你就是大男子主义了，现在的女孩子，有十几岁就堕胎几次的。婚姻不过是一张纸，我还没有现在大多数高中生谈过的男朋友多。同居对象的数量就更不能跟大学生比了。"

"反正这跟我想的不一样，我觉得我未来的妻子应该是只属于我一个人的。"

"我去国外这些年你闲着了吗？"

"没有。"

"那你凭什么要求我为你守身如玉呢？"

"好吧，我说不过你，反正我就是看不惯你这个样子。你变了，不再是过去我喜欢的那个小花了。"

"你早说嘛，不爱了就是不爱了，不要拿我结过婚当借口。要是爱，我有孩子你也会跟我走。"

"也许吧，那我们现在算是分手了？"

"我们从来就没有在一起过，以前在应城没有，现在也没有。"

"可是我们不是都睡在一起了？"

"那不能说明什么，我们心不在一起。过去是你爱我，我不确定爱不爱你，现在是我爱你，你不确定爱不爱我。这种不确定，导致你当时没坚持。这种不确定，让我现在也不想坚持了。"

07

小花在国内待了一周就走了，最后一天我们差点大吵一架，因为人生问题，我们的"三观"太不合了。我不管说什么都无法改变她的观点和看法。当然她那一套也无法动摇我的观念。我们谁都不服气谁，我们都想把自己的人生哲学强加在对方身上，最后两败俱伤。

尽管我们都带着让对方过得更好的目的。当然，更多的是她想改变我。

到最后送她走的时候，我一句话都不想和她多说了，尽管我还迷恋她的肉体，可是聊不到一起，在一起只会把对方气死。

她连家也没有回，没有去看她的爸妈和姐姐，就这样走了。这也是我不能理解她这类人的原因之一。凭什么，这样不择手段的、感情淡漠的、心狠手辣的人还活得蛮好的，而温柔善良的姑娘，却总是被欺负呢？

不过小花的存在，也让我意识到，这个世界上有些人跟我是不一样的。就算这个人爱我，我也爱她，但是因为这不一样，我们没法在一起。

爱 比
人 生 长

AI
BI

/ REN SHENG
  CHANG

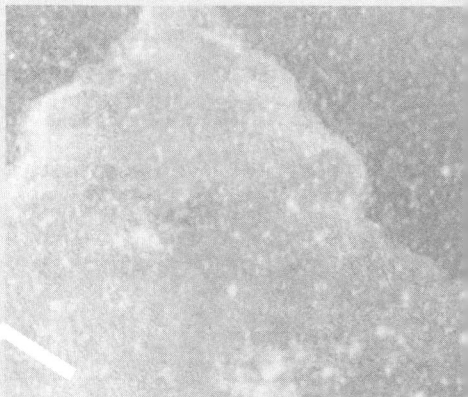

做我平淡岁月里的星辰

01

　　小月十九岁那年出过一次轨。

　　那年爸爸送她去美国读书，她和刚谈了不到半年的异地恋男友，变成了跨国恋。异地恋的时候，买张车票就能去看对方了。跨国后，涉及签证，又麻烦了一重。

　　刚到异国他乡，一切都是新鲜的，比起国内严肃紧张的学习气氛，小月很喜欢国外轻松愉快的环境，交到了不少朋友。

　　而在国内的小月的男友，却有种被抛弃的感觉，有种女友去享受荣华富贵，离自己越来越远了的失落感。

　　任凭小月怎么安慰，小月的男友都无法从这种失落感里走出来。到后来，小月也懒得安慰了，她觉得隔得太远了，千言万语抵不过一个拥抱，等到假期回国，好好陪陪男友就好了。

　　千算万算，没有算到在回国前一个月，出轨了。

02

　　出轨对象是大小月两届的学长，马上就要毕业了。人也没有多优秀，但是很会照顾人，很心疼小月。

刚开始小月还没觉得有什么，两个人一起在学校食堂吃吃饭而已，渐渐地，放学后两人一起走了，聊得也多了，小月发现这个学长还蛮有趣的。

一边是有趣的学长，一边是哀怨的男朋友，渐渐地，小月有些动摇了。谁喜欢每天和闷闷不乐的人在一起呢？每次找男朋友，男朋友都怨气满满，久而久之，小月就懒得找他了。

小月是很漂亮的女孩子，她心思一动摇，学长就更殷勤了，很快，两个人牵了手，接了吻，一起去看了电影。

她丝毫没有意识到，自己已经把男友晾在一边快一个月了。说起这个男友，她也不是不爱，比起学长，他方方面面都是好的。只是一旦情绪失控变得失落，就把所有的优点都抵消了。

回国前一周，也许是意识到这段恋情坚持不了太久，两个人就发生了关系。毕竟远在异国他乡，没有了父母老师的干涉，大家空前自由。

发生关系后小月更矛盾了，她没法给男友交代，也没法跟学长交代。于是她就问学长，毕业了两个人能不能经常见面。

学长家里穷，平时要打工，没办法好好享受爱情，爱情对于他来说是奢侈品，于是关键时刻他怂了，不吱声。这一个不吱声，小月对学长的好感也扑了空。

其实只要学长勇敢点，哪怕许个不能兑现的承诺呢，小月就准备鼓起勇气跟男朋友提分手了，毕竟都出轨了，谁会原谅一个出轨的人呢？

结果学长却怂了，学长一怂，小月也怂了。顿时又念起男友的好来，男友在这种事情上从来不会怂。

一旦有了对比，男友就又占了上风。紧接着就到了暑假，小月回国，男友提前几个小时就在机场等着了。

比起还在打零工的学长，男友有着非常好的工作和前途，而且男友给的爱也是实实在在的，要什么买什么，想去哪儿玩男友就陪她去哪儿。而学长呢，除了一句"我爱你"，和偶尔一起吃吃饭，就给不了什么了。

人都是现实的，不能只靠耳朵谈恋爱，一百句"我爱你"，也不如送个包送个表送个鲜花送个戒指什么的。

03

小月决定和男友重归于好，就删了学长的联系方式。但纸包不住火，小月不是擅长撒谎的人，男友一再追问她冷落他的那一个月里干了什么，禁不住盘问的小月，就把她和学长的事情全说了。

她做好了失去男友的准备，尽管舍不得，但是她知道这种事情瞒不得，与其以后被发现，不如早点招了，早死早超生，说不定还有机会宽大处理。毕竟坦白从宽，抗拒从严嘛。

小月的男友叫小松，自小就是个优秀的少年，长大后不管是在学校还是在公司，都被无数异性追求。如果说小月是成百上千人喜欢的校花，小松就是万人迷。

小松一直觉得，他跟小月很般配，倒不是郎才女貌，而是聊得来。他们刚认识的时候，彼此其实都有些看不上对方，一个觉得对方是"直男癌"，一个觉得对方是"绿茶"。

后来一次机缘巧合，两个人聊得深了点，才发现在内心深处，两个人是非常吸引对方的。"三观"百分百吻合，梦想和追求也差不多。"直男癌"和"绿茶"只是给外人营造的表象罢了。

于是两个人就电光石火般在一起了。在一起后两个人聊得更加投机，有种相恋恨晚的饥渴感，但因为小月要上学，小松要工作，两个人不能天天见面。

一见面就是干柴烈火。也不是多喜欢肉体接触，只是觉得抱在一起更亲密，有种把对方完全占有的感觉。

两个人在一起不管干什么都很开心，哪怕是坐长途火车去旅

行，一坐六七个小时，两个人也能说说笑笑打打闹闹不知不觉地
度过。

更别吃一起看电影，一起逛街了，每隔二十分钟，两个人必
然要接个吻。按说热恋期的情侣都是这样，但是他们俩都热恋几
个月了，丝毫没有热情消退的迹象。

也就是这时候，小月的爸爸给小月准备好了出国的材料，还
年少的小月，不得不出去了。尽管舍不得男友，但是还在上学的
年纪，学业更重要，或者说，如果不上学了，父母那边不好交代，
小月还没做好跟父母彻底闹翻的准备。她也不想因为男友跟父母
闹翻，她希望得到父母的支持和祝福。

04

一听说小月要出国，小松的情绪就一落千丈了。但毕竟是他
深爱的女孩，相见时难别亦难。硬要对方留下来陪自己，小松也
觉得自私了点。

但是听到小月说她出轨了的时候，小松真后悔当时没有拦下
要出国的她。不管有多爱她，毕竟被戴了一顶绿帽子，这种事情，
搁在谁身上都不好受。

　　小松像遭受五雷轰顶般痛苦和绝望，脑海里闪过的第二个念头是分手，然后整个人就傻了。

　　等到清醒过来的时候，他果断地否定了分手的念头。小月是不好，但是如果不是他那段时间情绪低落，总是在小月找他的时候怨气满满的，小月也不会找上别人。

　　他知道，他也有错，但他也真是恨第三者可恶，怨小月定力差。怎么可以因为男友一时情绪不好，就去找别人呢？那别人再出了问题，就再找别人，这样找下去，什么时候是个尽头呢？

　　这时候小松才意识到小月还是个孩子。你对她好，她就黏着你，你对她不好，她就躲着你。是非善恶，她还不太分得清，这个复杂的世界，她看得还不够透。

　　一念至此，小松也就原谅了小月，继续带小月吃吃喝喝四处游玩，甚至为了让小月彻底忘掉那个学长，小松一个月花掉了他一年的工资来讨小月欢心。小月也确实坚定了要跟男友在一起的信念，但是有句歌词说得好，"得不到的永远在骚动，被宠爱的都有恃无恐"。

05

还有一句老话，"妻不如妾，妾不如偷，偷不如偷不着"。踏踏实实决定跟小松在一起后，小月时不时还是会想起学长，她不知道自己是不是贱。有时候看着小松在为她忙东忙西，做早餐洗衣服的时候，她会觉得自己一辈子就这样了。

她太了解小松了，知根知底，知道未来跟他在一起会幸幸福福地过日子。但也正是这份安全感，让她有点不知足。或者说是对和学长在一起的未来，有一种冒险的期待。

也就是这时候，学长又来找小月了，各种联系方式，各种道歉，各种示爱。小月心一软，又通过了好友验证，两个人私下里还聊着，但因为有小松在，小月一直把握着度，过了那个度，她觉得她自己都不能原谅自己了。

小松深爱着小月，对小月情绪上的风吹草动都了然于心，一开始他看在眼里，没说什么，后来，他觉得有些不公平。

凭什么小月这样对待他呢？他身边不是没有比小月更漂亮、更有才华、比小月更喜欢他的。

爱一个人是不是天生就比被爱辛苦一些？深情是不是注定会

被辜负，薄情才会被念念不忘？薄情的人是不是比深情的人活得快乐一些？

小松再一次想到了分手，他觉得分手了，也许小月多年以后回想起来，会意识到自己错过了一个多么好的人。

但是想到多年后小月会后悔，小松又不忍心了，于是他第一次对小月发了火，痛斥了小月，让小月彻彻底底跟学长断了联系。

小月是第一次看到小松发那么大火，发火后不久，小松情绪彻底崩溃了，听到伤感的情歌会泪流满面，看到电影里有情侣劈腿的桥段会泪流满面，而且是不能自己、完全失控的。看到这样的小松，小月心疼了，觉得自己真是个浑蛋，虽然已经没有脚踏两条船了，但她是真的深深地伤害了小松，深深地伤害了一个爱她的人，而这个人，是她这辈子遇到的第一个对她这么好的人。如果辜负了这个人，她觉得她不会有好报。于是她果断删除了学长，这一次是彻底地拉黑他了。

06

从手机里删掉一个人很容易，从心里删掉一个人却很难。有时候小月想，其实就算和小松分手了，当时就算学长鼓起勇气给她承诺了，两个人也不会在一起很久。两个人的"三观"和志趣并不完全相投，她既然能和"三观"完全一致，而且相爱的小松分开，就一定会在感情淡了之后和学长分开。

在经历了学长插足的风波之后，小松和小月的感情恢复如初。但删掉了学长，并不能改变两个人依旧是跨国恋这一事实。

为了尽可能地稳住对方的心，两个人见了彼此的家长，私下里还订了婚。小松这边倒是没什么，小月那边的父母却觉得小月年纪还小，谈谈恋爱可以，但不能当真，以后结婚再说结婚的事情。

但小月是认定了非小松不嫁的。接下来的几年大学生活里，小月一有空就买机票回来陪小松，小松也办了签证，没事就去看小月。

按说故事到这里就该美满结束了，像童话故事，小松和小月像王子和公主，经历了重重磨难，最后在一起幸福地过完了余生。

但故事里总有意外，小松的意外就是，过去从来没有考虑过出国的他，因为小月，开始频繁出国。

一旦公司有了外派出国的任务，小松总是不计酬劳地接下来，为的就是能和小月多见一面。久而久之，小松有了各国的签证，英语也越来越好。

就在小月毕业打算回国的时候，小松接到了一个外派法国洽谈业务的工作。在巴黎忙完之后，小松想去纽约看看小月，顺便和小月一起回国。

上飞机前，小松特意买了求婚戒指。他是想，反正小月的父母一时是反对的，如果可以，他先求婚，征得小月的同意。如果小月同意了，他们可以在国外先领证，国外对结婚没有那么多限制，成年了，就结婚自由了，一切都是自己做主。

可惜千算万算，没有算到飞机失事，飞机失事的概率非常低，但每隔几年总会有人遇到。小松做梦也想不到，那个"总会有人遇到"的人会是他，而且不仅仅是他。

飞机从戴高乐机场起飞后不久，左侧引擎就着了火，最后坠毁在巴黎市郊，机上一百名乘客和九名机组成员全部遇难。地面上也因为飞机坠毁死了四个人，受伤了一个人。

07

看到飞机失事消息的时候，小月正在住处收拾行李，她打算去跟小松玩几天，然后就离开美国。

对了一下失事飞机的航班号，再看看手机上小松发来的航班短信，小月脑袋嗡的一声，整个人就像被炸晕倒在了地上。

做我平淡岁月里的星辰

　　小松曾经对小月说过一句话：我此生非你不娶，只有死亡能让我们分开。

　　那时候小月觉得小松真是不吉利，好好的谈什么死亡。

　　现在小月觉得，那也许是一种预言。

　　有时候夜深人静想起小松了，小月又觉得，小松是在惩罚她，或者是上天在惩罚她。这是对她年少无知贸然出轨的惩罚。

　　爱一个人，就要好好地爱一个人，许下的承诺不能收回。吃着碗里就不能瞧着锅里，不然肯定会被惩罚。

　　错了就是错了，如果能够赎罪，小月宁愿代替小松去死。该死的明明是她，为什么要让小松死呢？是不是上天觉得，这样对小月的惩罚更重？因为这样让小月生不如死。

　　在小松说非你不娶的时候，小月心里说了我非你不嫁，但是她没有说出口。等到小松离开了，这句话再也说不出口了，但是小月觉得自己做得到。

　　后来爸妈安排了很多相亲，小月都没去，再后来听说小松的爸妈生病了，小月就住到了小松家里，做起了儿媳妇。

　　如今小松已经离开十多年了，小松的父母也因为丧子之痛相继去世。小松家里彻底空了，按说小月该回自己家了，但她再也没有回去。

163

　　她就住在小松从小住到大的那个房间里，看着小松用过的一切，读小松看过的书，听小松听过的磁带，一天又一天，好像小松还陪在她身边。

美人难过
英　　雄关

MEI REN
NAN GUO

/ YING XIONG
GUANG

01

我叫颜景，颜色的颜，美颜相机的颜，风景的景。可能我妈妈生我的时候想要一台单反相机，而我爸爸不愿意买，于是妈妈就给我取了这样一个名字。

我十二岁的时候，爸妈离婚了，让我选一个人跟，我选择了跟随自己的心。在他们争吵不休的时候，我带着妈妈的单反相机和爸爸的钱包，离开了家。

没想到一走就是这么多年。我出生在云南，那时候在云南和贵州，有很多不愿意回家的小孩子，所以我并不孤单。

不过关于童年和少年时代的事情，我不想讲太多，起码不想现在就讲，我想先讲一讲我的爱情。

02

二十一岁时我在长沙，我去过很多地方，这里是我最熟悉的，也是第一个我离开了又回来的地方。这里埋葬了我的爱情和对生活的憧憬，但也正是这里让我生机勃勃，觉得自己真实地活着。

做我平淡岁月里的星辰

　　我不爱睡觉，觉得睡觉浪费时间，认识我的人都很惊讶，我自嘲说我是仙女，其实只是睡不踏实，一有风吹草动就会醒来，就像一只警觉的四处飘摇多年的猫。

　　爱情常常不按时来，有时候睡不着了，我就在长沙的街上闲逛。一个人逛累了，就会给朋友发定位。记得给他发的时候已经是凌晨一点了，没想到只过了二十分钟，一束强烈的摩托车灯特有的光就照在了我身上，远远的，我就知道他来了。他在我的手机备注里叫老司机。

　　他说："走，带你去爬黑麋峰。"

　　我笑笑不说话，戴上头盔坐上后座，我知道我们是同类人。在越来越繁华的长沙，追求精神快乐的人越来越少了。

　　故事要从我手上的手机说起，苹果手机的最新款 6S，颜色是玫瑰金，他卖给我的。这是我在他店里买的第四台手机。

　　我们相识的时间很好记，就是苹果 4S 手机上市那一年，现在那款手机已经停产了，谁要是还用那款手机，可能会被嫌弃。但是在当年，它风光无限，无数人疯抢，到处都是通宵排队购买它的新闻。

　　可能这世界上一切事物都有保质期，苹果手机如此，爱情也是如此，一旦过时，就会被嫌弃。年少时可以买火车站票站十多个小时去见的人，时过境迁之后，就是在身边，也懒得打个招呼了。我们无限漫长的人生当中，不知道会遭遇多少有保质期的感情。

我对新鲜事物一向好奇，所以一看到苹果手机的功能介绍，我心中就只有三个字——买买买。

好在我离开家早，离开学校也早，早早地适应了这个社会，想买什么，就可以去买什么。但是当时不知道是经销商的营销手段，还是真的有那么多"土豪"，我逛遍了长沙的手机卖场，都没买到。

最后还是闺密支招，让我在网上搜搜看，我一搜，还真搜到一家小店，说是从特殊渠道拿货的，只有几台，比市场价要高一些。

我加了卖家的QQ，约好了拿货的地方。虽然是私下交易，看上去有点不正当，但是一切进行得很顺利，那款手机我一直用到了苹果5上市，才送给了当时的男朋友。其间没有出过任何问题。但每次跟朋友说起这个，他们都说，那是你运气好。

运气好坏暂且不论，那时候的我，确实对整个社会疏于防备，或者说，不相信这个世界上有那么多坏人。

买了苹果4S之后，一晃两年，我和那个手机卖家——也就是后来的老司机——都没有过交集。尽管加了彼此的QQ，尽管留了电话号码说手机有问题就找他，但是手机没问题，自然就没有了找他的可能。

做我平淡岁月里的星辰

第二次见到他，是在苹果 5S 上市的时候，那时候我刚和男朋友分手，心情不太好。有个男生在疯狂追我，我也不太当真。确切地说，是受挫太大，一时之间不相信爱情，不太相信男人了。

在追我的男生第三十五次还是第三十六次约我吃饭的时候，我答应了。记得次数，是因为每次我单身的时候若有人追我，我都会记下来，如果对方诚意不够随便撩撩，一般不会约我超过七次。能超过三十次的，可能就是真的喜欢我。

我觉得适当地给真正喜欢我的人留机会，有助于避免孤独终老。但智者千虑必有一失，有些人就算约你一百次，也未必是真的喜欢你。

那天我们吃饭的地方刚好在数码城的对面，我一早就惦记着去买一台新手机，所以就想吃完饭去数码城逛逛。

结果吃饭的时候，那个疯狂追求我的男生跟我表白，说他愿意为我做一切事情，只要我答应做他女朋友。

同样的话前男友也对我说过，还说我是世界上最美好的人。但是分手的时候，同一张嘴，把当初说过的动听的话全否定了，什么难听什么让人心寒，他就说什么。

也不能说遇到的都是"渣男"，只能说一个人在喜欢你的时候，可能真想过为你上天入地。但这份喜欢，就跟苹果手机一样，是有期限的，不管刚上市的时候有多风光，都无法掩盖成为过时品时的凄凉。

　　说到这里得补充一句，前面提到了很多次苹果手机，真不是给它打广告，是真的绕不开这一环，谁让男主人公是个卖手机的。我倒真希望他只是个老司机，平时骑着摩托车环游世界。但那只是水面上的他，每个人都在水里，有的人露出水面的部分多一些，有的人露出的少一些，有的人则完全淹没了自己。我最大的梦想是像达摩祖师那样，可以在水面上自由行走。

　　●　03　●

　　那个疯狂追我的男生跟我表白后，我说你也不用做什么，苹果 5S 刚出，去给我买台手机吧。

　　也许我这话一说出来，显得我有些物质有些虚荣，但当时我真没想那么多，我就觉得，男人不可靠，总喜欢海誓山盟乱承诺，我跟这个人又不熟，总得试试，就算他真要买，我也会把钱还给他，但是好感度上肯定会加分。

　　结果我话一出口，那男生脸色就变了，好像我一瞬间变成了他的陌生人。不过出于面子，他还是带我去了数码城，去的时候很不情愿，他越是不情愿，我觉得越好玩。那时候的我已经理解并接受了男人口是心非这一事实。

在柜台前，我故意选来选去，拿不定主意。后来追我的男生说他去门口抽支烟，我就赶紧埋了单从后门走掉了。

那是我第二次见到老司机，也是第二次从他手里买手机，但时隔近两年，我对他已经完全没印象了。只记得他递给我 POS 机的时候，意味深长地看了我一眼，但我当时还以为他是仰慕我的美貌。

再后来就是买苹果 6 的时候，因为先前买的苹果 5S 用着不太顺手，买 6 的时候，我特意要了销售人员的 QQ，想着遇到问题好及时咨询。

好巧不巧，我只是随意找了个个子高看着帅气的人要号码，偏偏就要到了他的。这时候的他，已经从没有铺面只能私下交易的手机卖家，成了在数码广场有个柜台的个体户，再到有一个大卖场的老板了。但看外表，他和他周围的员工没啥区别，甚至比他们看着更稚嫩。

回来后我添加他 QQ 号的时候，才发现他已经是我的好友了，查了资料，回忆了半天，才想起来我之前在他手里买苹果 4S 的事情。这也算是缘分了，但仅此而已，笑笑也就过去了。

04

苹果 6S 上市的时候，我又去了那家店，结账的时候，他意外地给我打了个折，回到家登录 QQ，就看到了他的留言："难得遇到你这么铁杆的果粉，还都是从我这里买，周末有空的话请你吃个饭。"

鬼使神差，可能是相识四年的缘故，也可能是因为上次那个约我三十六次的男生太不靠谱，看到留言后，我没有像往常那样关闭对话框等待新留言，而是第一次就答应了。

吃饭的时候，他一直在聊他的爱好，他说他喜欢骑摩托车，感觉摩托车才有座驾的样子，像古时候骑骏马在草原上奔驰。

他经常独自骑车远行，去过很多地方，常常是半夜出发，看着一座又一座城市醒来又睡去。他说得非常文艺，一点也不像个卖手机的。

所以在吃完饭他约我一起午夜骑车的时候，我毫不犹豫地答应了。我还从来没有坐过摩托车，更别说午夜飞驰的摩托车了。

我们第一次午夜骑行的地方就是黑麋峰，他可能是为了展示他的车技，故意选了个弯道多的地方，还问我怕不怕。

做我平淡岁月里的星辰

虽然心里有点怕，但还是得承认，男生这样"撩妹"，还真是蛮管用的。我全程都抓着他的肩膀，简直要把他的上衣抓破了。

到山顶的时候，他说下山的时候你还是抱着我的腰吧，抓着肩膀太危险了。

我拿出他卖给我的手机自拍，边拍边"吐槽"说手机不行，还是卡西欧自拍神器好。结果他来了句："小姑娘不需要自拍神器，怎么拍都青春，怎么拍都好看。只有那些人老珠黄的老阿姨才需要神器辅助。"

和女生相处的时候，男生真的不要说太多话，只要每句话都说在点子上就行了，有时候我觉得他的每句话每个词语都像是一双手，弹在我心间，比世界上任何音乐都好听。

在下山的时候，我就知道，爱情来了。

05

可能爱上一个人的时候会想，世界上怎么会有这样的人啊，哪儿哪儿都好，我简直配不上人家。

一向挺骄傲的我，在爱情到来的第二天就开始自卑了。我怕自己陷进去无法自拔，怕爱上后再失去自己会走不出去，于是他再约我骑行的时候，我就回绝了。

直到有一天，闺密带我去吃饭，说新开了一家海鲜店，生蚝特别好吃。吃完回来我就中招了，上吐下泻，去医院急诊，护士说没有病床了，而且没人给我拿药，我疼得直哭。

即便是无坚不摧的战士，一旦病倒了，也会渴望身边有个遮风挡雨的人。我发朋友圈诉苦，十分钟后，他来了，闺密也来了，我们去了另外一家医院，还好，只是急性肠胃炎。

在病床前，他一改过去的"高冷"，絮叨起他刚刚创业时的艰苦。我精神萎靡，只好把他当收音机了。

我觉得他有点啰嗦的时候，我心里是开心的，因为我知道他也爱上我了。人只会在自己信任的人面前啰嗦，当然，话唠除外。

在他的叙述下，我才想起我们认识的全过程，之前这些存在于我的脑海里，但从未被单独拎出来。

可能爱情最大的功能就是激发人的想象力和创造力，我记不住很多事情，却记得和他相识的每个细节，记得我们共同经历过的一切。

说到共同经历，其实屈指可数，除了他骑车载我去爬山，就只有我买买买、他卖卖卖，我们的关系，多数时候，就只是卖家和顾客。即便一起出去玩，他也从来没有主动把我当女朋友介绍给他的朋友，当然我也不会主动跟他表白。

06

男女之间，最美好的感情，可能就是在捅破那层窗户纸之前。彼此心知肚明，但谁都不说，默默地享受着这种爱着又不用负责不用被约束的关系。

一旦承认了，就开始了，而一切关系的结束，都是因为开始了。没有开始便没有结束。但如果迟迟不开始，也会让人焦虑。

毕竟恋爱中的人总是患得患失的，我固然擅长等待，固然知道一旦确定了关系，很多事情就不能那么随心所欲了，但我还是期待着他主动跟我告白。

随着见面次数的增多，我们的关系越来越亲密，很多本该家人参与的事情，他都会带上我。比如开了分店要庆祝了，比如需要买一台新车，甚至连买什么衣服也要叫上我帮忙参考。

有一天我有点忍不住了就问："你是不是把我当女朋友了？是，你就得表白吧。"

"我没有把你当女朋友，我把你当老婆。"

"那你也没求婚啊。"

"需要吗？"

"需要啊！"

"我觉得不需要吧，咱们都这么熟了，况且，你肯定会答应的吧。"

"不不不，女生不会觉得不需要的，这是对我的尊重！我可不想不明不白上了你的贼船。"

"好吧，既然你执意如此，那就恳请你答应做我女朋友吧！"

"好勉强。"

"对不起，亲爱的公主殿下，你能答应做我的女朋友吗？我会保护你一生一世的。"

"假。"

"喂，是你说要我告白的，真告白了你又不答应。"

"好吧，勉强答应你好了，但是你都没有准备鲜花或戒指啊。也没有用蜡烛点成一颗心，一点都不浪漫。"

"那咱们现在就去补上！"

07

就是这样，简简单单地我们就在一起了。可能长久的感情，

做我平淡岁月里的星辰

一开始都非常简单吧。讲出这个故事的时候，我们已经在一起很多年了。未来还有很久很久，我很确定，陪伴在我身边的那个人，一直都会是他。

命运 赠送 的 礼物

MING YUN
ZENG SONG

DE
LI WU

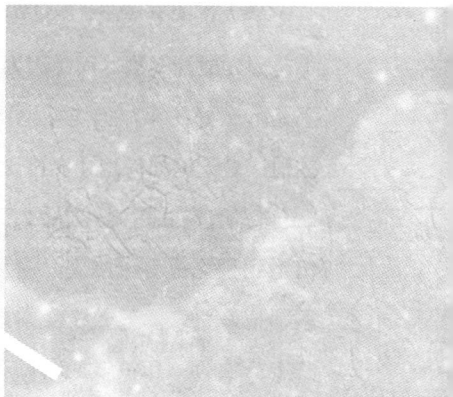

做我平淡岁月里的星辰

01

醉人梁原名梁天，是我在艺术团的时候认识的朋友。叫醉人梁，不是因为他能喝酒，而是因为他长得醉人。一个男人，长得醉人，不是什么好兆头。但是在厄运到来之前，有着一张倾国倾城的脸的他，是无论如何也让人讨厌不起来的。

每次读古书，读到看杀卫玠的时候，我都会想起梁天来。卫玠走到哪里都有人围观，最后活活被人看死。梁天也是，走到哪里都招蜂引蝶，无数少女前赴后继，只为了能跟他说上一句话，吃上一顿饭。和很多成名已久的娱乐圈明星比起来，梁天称得上是民间的无冕之王。

在讲梁天的故事之前，我想先说说断头皇后，估计大家都听说过。玛丽·安托瓦内特原来是奥地利公主，14 岁的时候成为法国的太子妃，18 岁时成为法国王后，母仪法兰西。

丈夫很爱她，由着她的性子建宫殿，办宴会，夜夜笙歌，以至于玛丽·安托瓦内特的亲哥哥从奥地利专程来法国规劝自己的亲妹妹，对她说你现在是法兰西王后，你能不能每天读一小时书？这并不难。

　　玛丽却对哥哥说：我不喜欢读书，我喜欢享受生活。

　　20 年后，玛丽·安托瓦内特上了断头台，被称为断头皇后。茨威格给她写的传记中，提到她早年的奢侈生活，无比感慨，说："她那时候还太年轻，不知道所有命运赠送的礼物，早已在暗中标好了价格。"

　　这句话的意思是，不要觉得自己可以轻易取得什么，生活中的一切都是需要你付出努力和代价的，就算你能轻易地取得生活中的馈赠，最终也要付出代价。可以理解为警戒别人不要贪婪，不要妄图不劳而获，也有规劝人们不要恣意挥霍，不要觉得天上会掉馅饼，还是要踏踏实实付出，认认真真生活，否则要为此付出代价。

　　引用这个例子，是因为断头皇后天生美貌，生在帝王之家，嫁到帝王之家，又深得丈夫宠爱，一直恣意妄为。梁天也是，虽然家境没有断头皇后那么好，但是因为长得太好看了，全世界都让着他。

02

　　认识梁天的时候，我 18 岁，他 19 岁，我们在同一个艺术团工作，

做我平淡岁月里的星辰

那个时代还没有音乐节，没有 KTV，没有酒吧，大家的娱乐活动主要是靠艺术团演出。官方的是心连心艺术团之类的，民间的就是我们。

一开始民间的艺术团也是很正规的，有一些不错的歌手、不错的杂技演员、不错的相声演员、不错的小品演员，靠门票赚钱。后来就不行了，艺术团变成了情色演出，只能偷偷摸摸在一些偏远县城出没。

那时候我是以吉他手的身份混艺术团的，技术不怎么样，但是人缘不错。梁天刚好跟我相反，他是歌手，唱歌很厉害，但是人缘很差。团里的女生都喜欢他，男生都讨厌他。但讨厌归讨厌，他是台柱子，靠他卖门票赚钱，谁也不敢得罪他。

好在梁天也不傻，知道兔子不吃窝边草，尽管周围的女生对他百般殷勤，他却从来没有接受，跟每个人都保持若即若离，保持迷之微笑，也算是雨露均沾。

但这并不是说他是个洁身自好的好人，正相反，他是一个男女关系混乱，每到一地，演出一结束，他总是要带个当地的女生出去玩。当然女生都是自己投怀送抱的，他只需要选一个看着赏心悦目的就可以。

因为是你情我愿的事情，一直以来，没有什么事情发生，只不过分手了会被纠缠骚扰一阵子，严重的会一直跟着他，跑几个城市。但毕竟他是在路上的浪子，得不到的都蠢蠢欲动，等得到了，就觉得不过如此。

而且男生 19 岁，还不到想结婚的年纪，他找的女生，也大都跟他差不多大，还有家庭和学业的约束。

03

事情开始变糟，是在一个叫艾薇薇的女生出现之后，这个女生和梁天的相识过程也不算独特，也是看演出的时候喜欢上了梁天。演出结束后，找梁天签名，签名完了还不肯走，梁天就带她去吃饭，后来，她就变成了梁天的女朋友。

艾薇薇有一米七多，穿上高跟鞋看着比一米八五的梁天还高，但是她平时只穿球鞋，喜欢跟梁天打个羽毛球什么的。

梁天认识她的时候，并不知道她的来历，成了男女朋友之后，才知道她高中毕业后没去读大学，每天待在家里跟妈妈学钢琴和芭蕾舞，妈妈是芭蕾舞老师。

按说芭蕾舞和钢琴都是高雅艺术，梁天的演出相对来说粗鄙多了，但可能正是被高雅艺术熏陶久了，突然接触到粗鄙的东西，艾薇薇反而欲罢不能了。

做我平淡岁月里的星辰

　　梁天离开艾薇薇所在的城市后不久，艾薇薇追着来了，而且因为人漂亮，会弹琴跳舞，她也希望加入艺术团。

　　这就让团长为难了，因为梁天是不想带着女朋友在路上的，这样影响他泡妞，但是他又不能坦白跟女朋友说，只能暗示团长。

　　团长不敢得罪梁天，但是当着梁天的面，也不好直接拒绝梁天的女朋友。于是这件事就拖着了，艾薇薇没有进团，但是不管梁天到哪里，她都会跟着，在酒店里住下来，陪着梁天，梁天演出结束，再到下一个城市去。

　　过去遇到的女生大都没什么钱，梁天又抠门，渐渐地女生就吃不消，知难而退了。但是艾薇薇家境阔绰，跟了梁天三个多月，还不见颓势，而且她还怀上了梁天的孩子。

　　过去梁天也不是没让人怀孕过，都是出一笔打胎的钱，陪伴一段时间就好了。但是遇到艾薇薇，这招不管用，艾薇薇执意要把孩子生下来，而且要自己养。

　　肚子大起来之后，艾薇薇就不方便奔波了。梁天给她在济南租了个房子，还请了个保姆，隔三差五，梁天也会来看她。

　　但梁天这么做，并不是良心发现，而是趁此机会脱身，去找别人欢快。在艾薇薇怀孕生子近一年的时间里，梁天换了五个女朋友。

04

　　常在河边走哪能不湿鞋，艾薇薇这种执着的妹子不多见，但是夜路走多了，总会遇到成双成对的鬼。梁天在艾薇微怀孕期间泡的妹子里，有个叫袁媛的，也是个一条道走到黑的死心眼。

　　梁天提出分手后，袁媛跟踪了梁天，发现了艾薇薇，戳破了梁天用来哄骗袁媛的谎，证实了梁天是个私生活混乱的"渣男"。

　　按照袁媛的打算，她想和艾薇薇联合起来，以后跟着梁天，不管他去哪里演出，她们都要举个牌子，声讨这个"渣男"，以此来达到让梁天不能再祸害别人的目的。

　　但是艾薇薇觉得，袁媛是个破坏她和梁天感情的第三者，她应该跟梁天站在一起，毕竟梁天不仅是她的男朋友，还是她孩子的爹，未来指望梁天来抚养她们母子，她不能去做断梁天财路的事情。

　　朋友的背叛总是比敌人的伤害来得更猛烈。虽然和艾薇薇不是朋友，但袁媛觉得，大家都是受害者，为什么不能团结起来？

　　连男人都能团结起来声讨一个女人。女人为什么不能联合起来，声讨一个"渣男"呢？在袁媛小的时候，她亲眼目睹了邻居

家的女孩因为乱搞男女关系，骗了一群男人的钱财，最后被一群
男人围堵在家里拍了裸照，还烫了一身的疤。

那天她隔着窗户看着对面人家里发生的一切，本该报警的她，
不但没报警，还带着快感看完了那群人施暴的全过程。她早就知
邻居家女孩的所作所为，两家就隔着一扇窗，窗帘只要不拉严实，
对面干什么都能看到。

她觉得，做坏事就应该得到报应，得到惩罚。这个世界让人
可恨的永远不是坏人的嚣张，而是好人的沉默。

所以联合艾薇薇不成后，她就潜伏下来，看着梁天勾搭别人，
勾搭一对她就拆散一对。结果这倒帮助了梁天，梁天以有个难缠
的前女友为名，搞定一个甩掉一个，而且因为袁媛泼辣，他没有
了后顾之忧。很多女孩都怕麻烦，一开始喜欢梁天，只是喜欢他
醉人的外貌，没想过真的跟他过一辈子。

05

欲望的深渊总是越跌越深，当袁媛发现自己的行为不但没有
报仇雪恨、除暴安良，反而间接地助纣为虐之后，她决定换个办法，
借刀杀人。

女人发起狠来，要比男人可怕得多。在梁天生命最后的几个月，只要他勾搭上一个妹子，袁媛就设法通知到这个妹子的家人和朋友。

大部分人对这类道德问题是无可奈何的，最多气不过，讹诈梁天一笔，而梁天从来不把钱财当回事，要钱就给钱，要礼物就给礼物。真要起诉，梁天也不怕，因为他并没有做违法犯罪的事情，没有结婚，也没有强迫女人。

就在袁媛快要绝望的时候，梁天勾搭的一个妹子的哥哥，给了袁媛希望，那个人得知梁天的恶行后，二话不说就带人去把梁天打了一顿，打得梁天卧床不起了一个多月。

虽然是以暴制恶，而且那妹子的哥哥也为此付出了劳教的代价，但毕竟惩治了梁天一次，袁媛还是很开心的。

她觉得应该把自己的事业进行下去，这辈子跟梁天是不死不休了。这不仅是因为梁天坏了她的清白，更重要的是因为梁天的态度，他完全不觉自己的行为有错，她必须让这人渣长长记性。

梁天出院后，她观察了一阵子，想看看梁天是否改邪归正了，如果改了，她就决定放手了，毕竟她也要开始自己的人生。

可惜的是，梁天出院当天就约了一个陌生的妹子。这次是在网上约的，估计是在住院的那段时间通过手机培养感情，出院后两个人直接去酒店了。

无药可救。袁媛在脑海里给梁天判了死刑。

和梁天约会的妹子从酒店出来时，并没有意识到她被跟踪了。她为自己的偷情感到暗爽，毕竟像梁天这样英俊的人，很少见。她在回家的路上，还买了水果和花。

袁媛也是跟踪到女人家里，才发现女人是有男友的，而且通过对邻居的盘问调查，她了解到两人已经同居两年多了。这是袁媛认识梁天以来，梁天染指的第一个有对象的女人。袁媛知道，大仇得报的机会来了。

06

很少有男人能够承受自己被戴了绿帽子这件事，而且还是自己的女人主动的。他扪心自问，他对女人不错，她要的一切他都满足了。也正是为了满足她的物质需求，他每天没日没夜地工作。而她，却背叛了这样爱她的男人。

用某相声演员的话说，受到了这样的伤害，如果忍了，就是废人。如果还因此高兴欢呼，那就是圣人。如果想要去报复，那就是正常人。

　　袁媛遇到的这个男人，就是个正常人。在拿到袁媛提供的梁天的日常作息表之后，他带了几个人，把梁天堵在了半路上。

　　梁天死不足惜，可惜的是，仅仅出了一次轨的那个女友，在梁天死后不久，发现自己得了性病，而且是非常恶劣的那种。一开始只是下身发臭，中医西医激光手术都治不好，后来下体时不时流出黑色的黏稠的带着刺鼻臭味的液体，人人见到她都要躲避。

　　人常说，爱近杀，就是这样。情感世界过于复杂，各种雷区都碰不得。梁天被人围殴致死，和断头皇后的结局差不多。但凡他得意时收敛一些，也不会落得个这样的下场。

　　更可恨的是，他一次不小心得了病，又把病传染给了别人。害人害己，也害得艾薇微的孩子还不会说话就没有了爸爸。

脆弱年 纪
里的 爱情

CUI RUO
NIAN JI

LI DE
AI QING

01

人常说，你成功的速度，一定要快过父母老去的速度，不然最后你成功了，也是一桩悲剧。

不过对于林里来说，成功太慢，除了子欲养而亲不待的悲伤，还有衣锦还乡时无人相认的寂寞。

十五岁那年，为了证明自己不走高考这座独木桥也可以成功，为了显示自己的与众不同，当然主要是因为在学校里与同学格格不入，林里从重点中学转到了艺术学校读书。

做出这个改变他一生的选择的时候，他并没有思虑太多，成王败寇，虽然说人生中所有的事情，最重要的是过程，但太多人更看重结果。

如果他不高考也变成了社会精英，那就没人会嘲笑他的选择，如果他失败了，那就只有承担起失败所带来的各种麻烦。

林里的故乡叫定州，是座人口不足十万的小城市，在小城生活的人大都沾亲带故，城东发生一件鸡毛蒜皮的小事，当天就可以传到城西。林里的家，就在城西。

说是家，其实叫仓库更贴切一些，父母靠批发小家电为生，

做我平淡岁月里的星辰

早些年赚了点钱，建了一座两层小楼。楼上住宿兼放货物，楼下批发零售各种小家电。

出生在这种小商人家庭的林里，从小耳濡目染的都是生意经，然而随着年纪的增长，他非但没有变得世故圆滑，反而越来越敏感文艺。

当他提出不想考大学，想去读中专学吉他的时候，家里顿时炸开了锅。

"靠弹吉他能当饭吃？你怎么不去吹唢呐？现在这个社会，赚钱是第一位的，梦想，呵呵，做梦的时候想想就好了。"这是林里父亲的看法。

"人家都在努力学习考大学，就你有能耐？有几个人弹吉他能弹出个未来的？你要是不想上学就直说，别整那些歪门邪道的。"这是林里爷爷的看法。

"是不是在学校受了欺负？要是不想在一中读了，咱们就去二中，二中虽然不是重点中学，但也比中专强。"林里的妈妈也没有站在林里这边。

"弹吉他也挺好的，我就觉得我孙子跟别的孩子不一样，我支持他，他都15岁了，不小了，该决定自己以后的路了。"林里的奶奶投了支持票。

虽然只有林里的奶奶一个人支持，可林家的家庭关系是这样的，林里的爷爷凡事都听林里的奶奶的，林里的爸爸凡事都听林里的爷爷的，林里的妈妈凡事都听林里的爸爸的。

所以，一票通过。

后来林里跟阮颖讲起这段经历，阮颖羡慕不已地说："我要是有个你那样的奶奶就好了。"

● 02 ●

定州艺术学校，更确切地说是一所职业学校。艺术，或者说音乐，不过是其中的一个专业。与此并列的专业还有平面设计、计算机编程之类的。好在没有挖掘机、电弧焊和厨师，不然林里会觉得自己是出了虎口又进狼窝。

作为一所艺术学校，夹杂了一些和艺术无关的专业，本身是很掉价的一件事，但校长不这么认为。他觉得学校就是应该包罗万象，就像书店，不能光有教辅书，也不能全是文学书。

教辅书的销量可以用来养店，有了店，文学书才能卖下去。同样的，乱七八糟的新兴专业可以招揽到学生，有了这些专业的学生，学校才办得下去，艺术才能得到发展。

做我平淡岁月里的星辰

　　所有的发展，都要建立在生存之后。这是林里后来才明白的
道理，年少的时候，他更愿意相信梦想大于一切，物质基础对他
来说并不重要。

　　之所以到定州艺术学校读书，是因为在这座小城里，就只有
这么一所艺术学校。他倒是也想去省城，可爸妈不同意，甚至连
一向支持他的奶奶也不同意她的宝贝孙子离得太远。

　　好在学艺这种事情，个人的努力大于环境的影响，上再好的
学校，如果个人不努力，也无济于事。

　　因为爸妈不支持，入学手续是林里一个人去办的，顺便也办
了寄宿手续。虽然离家不远，但刚刚长大的林里非常想逃离家的
约束，逃离父母的唠叨。

　　在排队交学费的时候，林里发现除了自己之外，还有一个女
孩没有家长陪同，是独自前来的，而且似乎因为钱没带够，她和
收费人员发生了争执。

　　"广告上明明写的是'只需3888元就可以圆您一个音乐梦'，
为什么变成了4888元？你们这不是骗人吗？"女孩带着哭腔说道。

　　"3888元那是学爵士鼓，你要学的是古琴，不同的乐器，收
费标准是不一样的，老师们的音乐造诣也是不同的。你要是爵士鼓、
吉他、钢琴、贝斯、萨克斯、古琴、二胡、板胡、唢呐、古筝全

学，还要 28888 元呢。我们这个价格已经够优惠了，你去省城看看，4888 元只是住宿的价格。"收费人员一脸不耐烦。

"可是我爸只给了我 4500 元。你们就不能打个折吗？"女孩开始恳求。

"钱不够就回去找家长，后面那么多人排队呢，你不要耽误别人。"收费人员脸上浮现出了小市民特有的嫌贫爱富的神情。

"可是……"女孩迟疑着，似乎有什么难言之隐。

"我来帮你补上吧。"林里越过眼前的人，掏出 400 元钱递了过去。

"可是我不认识你。"女孩犹豫着没有接。

"你还要不要上这个学了？"工作人员口吻里带着讥讽。

"好吧，谢谢你了。"女孩接过钱递给了工作人员。

"现在所有的行业都一样，你看那些'每平米仅需 5888 元，让这个城市留住你的青春，也留住你'的房地产广告，都是在忽悠人。真去了售楼部，就会发现，5888 元一平米的房子就一两套，而且早就卖完了。"交完费后，一起去买洗漱用品的路上，林里安慰阮颖道。

那个因为学费不够被报名处收费人员为难的女孩就是阮颖，两个人在交完费后就成了朋友，而且因为阮颖带的 4500 元是包含了住宿费和伙食费的，所以接下来的几个月，林里的钱分成两份用了。

阮颖的家在小城西部一个依山傍水的小镇上，算是古琴世家，祖上几代人都以弹琴为生，古琴风靡的时候，阮家出过几个皇帝御用的乐师。

但那毕竟是百年前的往事了，到了阮颖父亲这一辈，虽然制琴、弹琴和修琴的手艺没有失传，但单靠这三样手艺来撑起一个家，已经很困难了。

在古琴风靡的时候，制琴、弹琴和修琴的技术是传男不传女的。如今古琴没落了，再让儿子学琴，注定要让儿子穷困一生，但传了数百年的祖业又不能失传。最后没办法，阮家就改了规矩，让女孩学琴、修琴，男孩去做自己想做的事情，算是给了男孩一个相对自由的人生。

阮颖可以说是生不逢时，她这一代，正赶上阮家改规矩，从出生起，不管乐意不乐意，她都要跟古琴打交道。

03

男生寝室和女生寝室之间隔着一个篮球场，买好洗漱用品，林里和阮颖在篮球场上道了别，各自前往自己的寝室，开始人生中第一段独立生活。

说是独立，只是周一到周五而已，一到周五放学，林里的奶奶就会准时等在学校门口，接自己的乖孙子回家。

从幼儿园开始，林里就是由奶奶接送的，小学时，林里觉得自己不用接送了，可奶奶还是不放心。

就这样一直到了中学，确定在艺术学校读书后，林里说自己寄宿了，就不用送，奶奶却说不送可以，每周还是得去接。

林里的反对被爷爷的一段话噎了回去："你奶奶身体越来越差了，你还能陪她走多少路？她想陪你走走，你就让她陪吧，你奶奶也就看到你的时候，心情才好些。她心情好了，身上的病也会轻些。"

因为艺术学校的学生都来自定州本地，所以寄宿的人不多，一个可以住四个人的寝室，只住了林里和定州郊区的一个学二胡的男生。

学二胡的男生叫穆子铭，比林里早进学校一年，已经有了一定的音乐基础，每天没事就抱着二胡拉一些激昂的曲子。

因为是先闻其音，后见其人的，所以林里刚见到穆子铭的时候，以为他是个豪迈的人，结果打了两天交道才发现，这个室友少言

做我平淡岁月里的星辰

寡语，非常木讷。用乐理老师的话说就是——简直不像是一个搞艺术的人。

林里在寝室里铺床叠被打扫卫生的时候，阮颖已经换好了衣服在楼下叫他了，他洗了手跑下楼，看到了阮颖那张笑得像花儿一样的脸，她说："走，我们去吃饭吧。"

类似的话，阮颖后来跟林里说了得有几千遍。在楼梯间，在教室里，在后来他们合租的小房子里，甚至在分手的时候，阮颖也是说："走，去吃一顿散伙饭吧。"

虽然才开学第一天，但因为走得过近，已经有人对林里和阮颖指指点点，不明真相的会说："也许人家是亲戚呢，一起买东西一起吃饭多正常。"

道听途说的会说："哪有啊，他们可是交学费的时候才认识的，那个男生给女生垫付了学费，然后两个人就形影不离了，现在的年轻人，发展得越来越快了。"

说这些话的，通常是比林里和阮颖早进了一两年的学长学姐。新生当然不会因为听到这些风言风语就跟学长学姐置气。在林里看来，学本事比谈恋爱重要，他和阮颖都是为了学本领才来到这个学校的，他们心里没鬼，也就随便别人说什么了。

而阮颖呢，也是大大咧咧单纯无比的人，好不容易在陌生的地方交到一个朋友，才不会理睬那些心思龌龊的人怎么看他们，更何况没有林里的帮助，她入学都困难，而且接下来还需要林里接济一段时间，不管别人说什么，她都不会放在心上。

04

两个人认识的第三天，在图书馆里，阮颖大致跟林里讲了她家里的情况。因为自小学艺，虽然只有 15 岁，但祖传的本领阮颖已经全部掌握了，她想更进一步，将古琴和流行音乐以及国外的音乐结合到一起，就跟爸爸说要来定州艺术学校学音乐。

当时她只是看到广告，没有具体咨询，看到需要的钱也不是很多，家里勉强可以负担，就拿了四千多块钱出门了，于是就有了一开始那尴尬的一幕。

相比之下，作为家中的独子，又是奶奶眼中的心肝宝贝，林里在物质上要好很多，起码不用为了学费和吃饭问题这种小事发愁。也正是因为他自小没受过苦，所以后来跟阮颖出去闯荡的时候，才产生了一系列的误会和摩擦。

从紧张激烈的重点高中生活切换到散漫自由的艺术学校，最初的新鲜感过去之后，林里开始着手组建乐队的事情，他的音乐

　　老师宋智也说了，组个乐队共同练习一首歌，进步会快些，毕竟学会了和别人配合演出，自己独自演奏的时候不会不习惯。如果习惯了独自演奏，短时间是没法习惯和别人配合演出的。就像一个人，在人群中待久了待腻了独自去隐居，可能会觉得很轻松，但若独自生活久了，再想融入人群，就会觉得很累，觉得格格不入。

　　可惜学校里大都是学平面设计和电脑维修的，学音乐的很少，学西洋乐器的就更少了。除了林里会弹吉他，就只有阮颖的室友张悦琪会西洋乐器。张悦琪学的是钢琴，也会玩贝斯和爵士鼓。林里提出组乐队，她倒是没意见，只是两个人太单调了，再加上张悦琪觉得有阮颖在场的时候，她和林里聊天还算畅快，阮颖如果不在，她一个人面对林里会觉得有点尴尬。

　　张悦琪的家原先在省城，后来家道中落才到了定州，但瘦死的骆驼比马大，比起阮颖和林里，张悦琪算是一个"白富美"，一个羞涩的"白富美"。

　　为了报答林里的帮助，也为了避免张悦琪尴尬，经过林里的一番恳切的邀约后，阮颖同意学琴的同时学打鼓。

　　这样有了键盘和吉他，有了阮颖的鼓，加上声线超美的张悦琪可以担任主唱，一个像模像样的乐队就算组成了。

　　因为三个人都喜欢宋冬野的歌《鸽子》，所以乐队就叫作鸽子乐队，为了显得正式，林里还去印制了带有鸽子图案的乐队队服。

他们一起学习演奏的第一首歌，也是《鸽子》——"迷路的鸽子啊，我在双手合十的晚上，渴望一双翅膀。飞去南方、南方。尽管再也看不到，无名山的高。遥远的鸽子啊，匆匆忙忙地飞翔，只是为了回家。明天太远，今天太短。伪善的人来了又走，只顾吃穿。"

05

因为不满足于翻唱别人的歌曲，乐队组成的第二周，林里就写了一首歌，歌名叫《就像被全世界遗忘》

歌词很像一首诗："你转过身去，留一个背影给我，我无助恐慌，就像被全世界遗忘。你转过身来，一个拥抱给我，我欣喜得发狂，就像被全世界表扬。你走到我身边，俯下身吻我，我脸颊发烫，轻盈的灵魂，像飘游在天上。"

张悦琪擅长谱曲，在张悦琪的帮助下，这首歌很快制作完成，并成为了鸽子乐队的代表曲目，林里甚至把小样寄到了唱片公司，结果自然是石沉大海，但这并不影响他们的兴致，因为他们还年轻，来日方长。

很多年后回忆起来，林里觉得自己最快乐的时光，就是刚到艺术学校认识阮颖和张悦琪，大家一起组乐队的那段时光。

虽然在音乐这条漫长的道路上，大家刚上路，脚步笨拙，但开心是真的，笑容也是纯粹的。

终结这一切的，是一个叫齐天的男生。

人如其名，齐天，依仗着阔绰的家境，一直过得无法无天，虽然不及齐天大圣那么闹腾，但差不到哪儿去，有几次都闹腾到了拘留所，伤同学打老师炸实验室，什么事他都干得出来。

他的出现，对阮颖和张悦琪来说就是一场噩梦。

那是一个周末的午后，阮颖和张悦琪去超市买零食，结账的时候，被在逛同一家超市的齐天注意到了，齐天默不作声，一直尾随两人到了学校门口。如果不是门卫拦着，他可能会一直跟踪到阮颖和张悦琪的寝室门口。

因为疏于防备，阮颖和张悦琪并没有注意到她们被跟踪了，第二周，齐天出现在乐理课的教室，被老师介绍说是新来的插班生的时候，她们还觉得一切只是偶然。

齐天特意转学过来，学的也是吉他，于是顺理成章地跟林里成了室友。得知阮颖和林里组了个乐队之后，他恳请林里同意他加入鸽子乐队。林里看到他有一定的音乐基础，就答应了，人在年少的时候，总是习惯带着善意的目光打量这个世界。

201

　　"为了庆祝我们能够在这里相逢，周末我请大家去我家看电影怎么样？"齐天真正想邀请的人是张悦琪，考虑到自己初来乍到跟张悦琪还不熟，贸然邀请肯定会被拒绝，他才邀请了大家一起。

　　"去你家看电影？你家有电影院？"林里虽然知道自己这个经常不在寝室的室友家境阔绰，但对齐天家里有个电影院这种事情还是很惊讶。

　　"小型的，最多只能容纳二十来人吧。我爸妈也希望我多和同学做朋友。"齐天倒是没有撒谎，被上所学校开除后，齐天一度混迹在社会上，交往的全是不良社会青年。齐天的爸妈很希望儿子能回到校园，回归正道，但是好的学校齐天已经混了个遍，外地的学校齐天又不愿意去。

　　"我听林里的。"阮颖停下弹琴的手，抬头看着林里道。

　　"那就去呗，反正大家周末也没什么事。你家片源充足吗？都有些什么电影？"

　　"你想看什么就有什么，悦琪你也有空吧？"

　　"我啊，听你们安排吧。"张悦琪翻看着手中的时尚杂志，心不在焉地答道。

　　"那太好了，看完电影一起吃个饭，就当庆祝我加入鸽子乐队吧！"

06

　　齐天的家在市中心的别墅区，紧邻着穿城而过的净肠河。能在寸土寸金的地方建一排别墅，开发商可谓是大手笔。同样，能在这闹中取静的地方买下一套别墅，业主也是大手笔。

　　其他富豪暂且不论，齐天家和齐天家的左邻右舍，都是靠不太干净的钱买房买车的，不过这个时代，没人管别人怎么赚钱了。

　　齐天带同学回家看电影，本身就有炫富的想法，看完电影吃完保姆做的饭，众人告辞的时候，齐天又从车库里开了辆跑车出来，说是送众人，实际却是把炫富进行到了极致。好在张悦琪和阮颖都不是拜金的物质女孩，男生有钱没钱，在他们眼里都一样。

　　女孩不在乎，林里却有些暗暗不爽，从看电影吃饭到送众人出来时齐天对张悦琪和阮颖的态度，敏感的林里能够感觉到，自己新交的朋友，远比他想象的要复杂。但这时候的林里，宁愿自己是想多了。

　　很多年后，亲眼看到齐天开着豪车去女子学校、师范学校、音乐学校之类的地方钓女生的时候，林里才彻底明白，有的人天生就是人渣，再多的钱、再好的教育也改变不了人渣的本质。

　　当然这样的"渣男",也是被那些愚蠢拜金的物质女孩给惯坏的,很多时候,主动的不是齐天,而是那些看到豪车和奢侈品就蠢蠢欲动的女孩子。

　　读书时齐天愿意为了一个女孩转学,愿意低调追求和放长线,等到毕业以后彻底进入社会,仍旧喜欢女学生的他,则直接去学校门口打开车门,以姜太公钓鱼,愿者上钩的姿态来对待男女关系。

　　离开齐天家后,林里一夜未眠,反复想着在齐天家吃饭时的场景。齐天想拉拢林里一起开个公司,林里觉得自己还小,还处在学习阶段,过早地接触社会上的事情不好。

　　但是齐天的一番话打动了张悦琪,齐天说:"出名要趁早,创业也要趁早,我们早点挖到人生第一桶金,以后的路走起来才更顺。现在做什么都需要钱,我们有了钱,就可以好好包装我们的乐队,到时候就不是经纪公司签我们,我们可以直接投资开一家经纪公司,包装自己。"

　　而且齐天不是信口胡说,他有周密的创业计划,他想开的是一家豪车借贷置换公司,有点"超跑俱乐部"的感觉。

　　说白了,就是赚他那些有豪车的"富二代"朋友的钱,大家可以在这里通过他的公司完成二手车的置换,比如开腻了玛莎拉蒂可以换辆法拉利。

他自己也会买几辆车出租，有的人没钱买车，可以租借他的车，这在"富二代"圈子里已经成了一种流行的生活方式。

还有一些影视公司拍戏需要，也会从这类公司租借车。齐天做了充分的市场调查，只是缺少信得过的人，他愿意跟林里等人分享，是因为信得过他们，同时，他想快速把这些人拉进自己的圈子里。

07

算是半推半就吧，齐天和林里等人混在了一起。周一到周五，大家聚在学校排练歌曲。周末齐天就带着几个人看场地，因为钱多，他们很快找到了一个既可以用来聚会，又能办公的三层小楼。

如果换成是别人，肯定是先交租金把房子租下来，等公司走上正轨再说，毕竟一开始投入太多钱，会影响公司后面的运转。

而齐天为了显示自己的阔绰，直接把那栋楼买了下来。三楼用来住宿、生活和排练，楼顶除了排练还可以聚餐，一楼停放所有豪车，二楼办公。

很多年后，公司因为经营问题赔了一大笔钱，无奈停业，齐天把房子卖了。这些年房价疯狂上涨，卖房子得来的钱，不仅弥补了生意上的损失，还有一些剩余。齐天觉得是自己有眼光，而林里却觉得，有些人就是命好，再怎么放纵，也有老天照顾。

齐天去买豪车的时候，林里去学了开车，虽然还不到拿驾照的年龄，但是只要不出小城，怎么开都没人管，尤其是开豪车，只要不出事故，甚至出了事故都没人敢惹。

被全世界都让着的感觉，林里坐上法拉利就体会到了。在这个拜金的社会，哪怕是一条狗，开着豪车走在路上也会得到尊重。当然，这只是小城特色。

因为公司住宿和学习都很方便，他们几个就从学校搬了出来，除了上课的时候在学校，课余时间都泡在齐天买的小楼里。

至于公司的业务，林里等人都不懂，更多的只是给齐天做个伴。林里帮忙开开车，张悦琪帮忙记记账做做保洁，阮颖帮忙接待客人，同时给大家做饭吃。

一开始公司里生意不多，大家聚在一起更多的是唱歌看电影，日子过得很逍遥。毕竟十几岁的人，最大的追求就是玩乐。

日子一逍遥，就容易虚度。转眼入学几个月了，他们的音乐水平都没什么长进，只了解了一些基础的音乐知识和弹唱技巧。

小城的艺术学校没有严格的考核考试制度。师父领进门，修行在个人。他们学习好没有奖励，学习差也没有惩罚。在这样宽松的环境里，自制力强的人会如鱼得水，自制力差的人就如坠地狱，会越来越放纵自己，永远感受不到边界线在哪里。好在他们都觉得自己还年轻，有大把的时间，浪费一点时间没什么，未来肯定有机会翻盘。

08

如果不和齐天搅和到一起，林里觉得自己还是人生的主人。自从生活里闯进了齐天这个混世魔王，林里觉得一切好像都由不得自己了。连阮颖也渐渐地更愿意跟齐天一起玩了。

这种物质上的绝对压制，让林里的自信心跌到了谷底，但他生来就不是做跟班的性格。虽然齐天处处敬着他让着他，一个月后，他还是选择对齐天敬而远之。

他的选择，在阮颖和张悦琪看来是莫名其妙的，甚至有些矫情。她们俩自由快活了一个月，未来这样的时光还很长，如果跟随林里回到学校，就会立刻失去自由。也许失去自由对学习有一定的帮助，但代价太大了。所以她们都选择了留下来。

最后，林里自己搬回了学校的寝室。抚摸着吉他，往日的自信又一点点回来了。回想这几个月短暂的生活，林里不得不承认，这个世界是不公平的。

有些人天生就有好资源，靠着父辈的功业，躺着睡觉也可以有花不完的钱，根本不用去奋斗，不用去实现什么梦想。就算要实现梦想，也比普通人更容易。

随着林里的退出，鸽子乐队也宣告解散。相比独来独往的林里，不管走到哪儿都有两个漂亮女生追随的齐天显然更让人羡慕。而就在两个月前，这两个漂亮女生还是林里的影子。

努力可以改变命运，物质可以改变一切。这段光阴给林里最大的警示就是，爱情——或者说年轻人的感情，既可贵，也卑贱。可贵的是足以让人怀念一生，卑贱的是完全禁不起现实的考验。那些甜言蜜语海誓山盟，只要外力稍加干涉，就会立刻溃散。

但知道了人生的真相，又能怎么样呢？日子还是得照旧过。就像歌里唱的那样："明天太远，今天太短。伪善的人来了又走，只顾吃穿。"

人在十几岁的时候，最容易被所谓的爱情耽搁。在最该珍惜时光让自己变得强大的时候安于享乐，安于爱情的麻醉和刺激。

林里觉得自己就像一只迷途的鸽子，尤其是在遇到喜欢的女生之后，好在最后他找到了方向。爱情，就留到强大以后再去享用吧。弱小的人耽于爱情，只会变得更加弱小。

网 络时代
的信 仰

WANG LUO
SHI DAI
/ DE
XIN YANG

01

神说要有光，就有了光。

神让空气分离，就有了天地。

一切就是这么简单。

诗人孟喜欢这种简单，每天他都会在睡觉前读一段《圣经》，只读《旧约》，他把《圣经》当作诗来读。他觉得世界上最好的文字，就是《圣经》里的文字。

认识诗人孟的时候，我正在痛苦的失恋期。诗人孟劝我找个信仰，我说你这个人，怎么这么爱乘虚而入，在人家脆弱的时候布道，真像那些挖墙脚的第三者。

我觉得，光明正大的人，从来不会干挖墙脚这样的事情，第三者都是可耻的。一直以来，我都只信奉我自己的内心，我觉得我就是我自己的神。我觉得求神不如求己。

可是这次失恋了，我是真难过，我觉得自己拯救不了自己。这时候诗人孟劝我求神，我觉得他就是在挖墙脚，劝我移情别恋。一旦移情别恋，一旦劈腿，我知道我以后就再也无法相信自己了，遇到什么困难，都会求助于神，所以我拒绝了。

做我平淡岁月里的星辰

　　而且我从来不喜欢在痛苦的时候做任何决定，我知道不管做任何决定，我以后都会后悔，就算是要找个信仰，也得等到自己心平气和的时候。

　　02

　　诗人孟倒是不着急，只是送了我一本《圣经》，包装特别精美，金光闪闪的封皮，银光闪闪的内页，简直不像是一本书，更像是一件宝物。

　　我收到后就放在了床头，夜里睡不着，难过或者后悔，再或者想起什么人的时候，我就读一读，像诗人孟说的那样，大声读出来，还真有效，我真的不难过，真的心平气和，真的安然入睡了。

　　但是诗人孟觉得，我只是把《圣经》当安眠药、当催眠剂罢了。他说，你应该在心平气和的时候读《圣经》。《圣经》不仅是将要溺死的人手边的一棵稻草，《圣经》还是一艘大船，无论何时，哪怕世界末日到来，你上了大船，就可以安然渡过难关。

　　我懒得听这些，我更愿意跟诗人孟谈论诗，唐诗宋词元曲都好，哪怕是顾城或者海子，毕竟，我们就是因为这些认识的。

　　那时候我们都住在孟城公园旁边，我每天都会去希望读书社借一本书，带到孟城公园去读。诗人孟跟我有着一样的生活习惯。时间长了，我们就认识了。

刚认识的时候，我手上拿着一本北岛，他手上拿着一本顾城，我们聊现代诗，聊了整整一天，要不是那时候我身上没钱，真想请他吃饭。

在遇到他之前，我有好多年没有跟人长时间聊天了。周围的人都不爱跟我深聊，毕竟他们都觉得聊天耽误赚钱。

只有诗人孟跟我一样，觉得聊天这件事很重要，比赚钱重要多了。人生在世可以不赚钱，但不能不聊天，如果不聊天只是赚钱，那就可以去死了。但如果不赚钱只是聊天，就不必去死。

03

在贫瘠的青春期，有一个人诗人孟这样的伙伴，是件很重要的事情。因为过了那个年纪，就很难跟人交心了。大多数人，在25岁以后就没法认识灵魂上的伙伴了，认识的都是利益上的伙伴。

灵魂上的伙伴，到死亡那一刻都会想起来。利益上的伙伴，一旦利益消失，你可能会连对方叫什么名字都记不起了。

这就是人性，是成长必须付出的代价。不过认识诗人孟的时候，

做我平淡岁月里的星辰

我并不知道这些，所以我不觉得他多珍贵，也并不珍惜他。在他向我推荐诗、书、信仰的时候，我经常反驳他，提出我不同的见解。好在他也不生气，第二天还是会在原地准时等我。

那时候还没有"好基友"这一说法，我们两个大男人天天在公园里讨论诗词歌赋，也不会引路人侧目。

和诗人孟疏远，是在我交了女友之后，女友是个书香门第的大家闺秀，平日里被家里约束惯了，突然恋爱一次，叛逆得要死，每天都和我厮守在一处，搞得我没有时间干别的事情。

但是恋爱这种事情有保质期，过了保质期，如果舍不得扔掉，就得忍受那股子腐烂的味道，一边忍受，一边怀念在保质期内的新鲜感觉。直到有一天，其中一方爱上别的人。

我因为看透了这层，所以每次恋爱的时候都不会太投入，这样过了保质期就不会舍不得，就算舍不得，忍受着想把爱情变成亲情，就像把豆腐干变成臭豆腐，也不会在对方放手的时候无法从失恋的感觉里抽离。

不过诗人孟不懂这层，等到我失恋再去找他的时候，发现他竟然恋爱了，而且是第一次恋爱。和我这种物质的，恋爱了只知道送礼物的人不同，诗人孟谈恋爱从不送物质的东西。

我送口红，他送诗；我送包包，他送书；我送鲜花，他送赞美。

不过尽管送的东西不一样，最后的结局都差不多，过了爱情的保质期，我们都被甩了，只不过精神恋爱的保质期比物质恋爱的保质期长一些。

我失恋了，一开始有点失落，后来还蛮开心的，觉得自己恢复了自由身。而诗人孟是第一次失恋，完全走不出来，或者说是他根本不想走出来，他想趁着这股子悲情，多写点诗。

他写的第一首诗一共就两句话："因为你对我疯狂的炙热的执着的爱，让我觉得我是这个世界上最幸福的人。也因为你的移情别恋，让我觉得我这一生似中了诅咒，注定在虚情假意里度过一生。"

04

失恋开启了诗人孟的创作热情，过去只是读诗和讨论诗的他，在失恋后变成了一个创作者，写了大量的悲情诗歌。于是我们每次见面，都变成了他的诗歌朗诵会。

说实话，有些东西只适合沉默地看，读出声来就会失去味道，变得有些无聊。诗人孟的声音又不好听，每次听他朗诵他的诗，我都觉得是在给我的耳朵上刑。

做我平淡岁月里的星辰

不过我能理解他，这只是他第一次失恋罢了，人的第一次，总是刻骨铭心的，以后多失恋几次，也就麻木了。

很少有人能够恋爱一次就成功。动画片《马男波杰克》里有一段劝慰人的话，我觉得特别贴切："没有谁能让谁完整，这种事情根本不存在。如果你有幸遇到凑合忍得了的人，就用尽全力抓紧，无论如何也不要放手。因为不将就的话，你会一点点变老，生活会变得更艰难，你会更孤单。你想方设法填补内心的空虚，用朋友用事业用毫无意义的性爱，但是内心的空虚依然存在。直到有一天你看着自己的周围，发现大家都爱你，却没有人喜欢你。"

虽然有点颓废，却非常符合失恋的诗人孟和我。说到底，我们能够聊到一起，就跟那个颓废的中年公马男一样。我们是需要满足人生五大需求的人。生理需求，吃饱饱穿好好有对象；安全需求，走在街上睡在家里不会有人突然打劫；社交需求，打麻将唱 K 喝到烂醉有人陪；尊重需求，你可以看不惯我，但不能干涉我，更不能辱骂我觉得你比我高级；自我实现需求，写本书畅销一百万，唱首歌红遍全中国，写首诗流芳几百年。

而我们周围的人，大都停留在前三个阶段，吃饱穿暖有对象就很开心了。能够上升到第四个阶段，动不动讨论尊严问题的少之又少——刚毕业的眼高手低的大学生不在讨论之列。

我和诗人孟是少之又少的，是需要实现"五项全能"才会真正快乐的人。而这第五项，太难实现了。追求梦想的道路上，太多人铩羽而归。

05

为了实现梦想，满足人生的五项需求，我和诗人孟一起去了北京，在回龙观租了个两室一厅的房子。

我们早出晚归，因为工作忙碌，渐渐地我们发现，我们本来是带着已满足的前四项需求来追求第五项需求的，不但第五项需求没有实现，在老板和上司的责骂中，在同事的嘲笑中，我们连第三项需求也失去了。最后，因为太忙，社交需求也失去了。我们只剩下生理需求和安全需求能够勉强满足。

因为北京的大龄"剩女"太多了，诗人孟到北京的第二个月就找到了新对象，我挑剔点，也在第四个月找到了。

我们四个偶尔一起吃个饭唱个歌抱怨一下生活，日子不紧不慢地过着，好像我们一生下来就这样过着。但内心深处，我和诗人孟都知道，我们找的对象和我们都不是同类人。她们都不需要满足第五项需求，她们只喜欢好吃的好玩的和各种名牌包包饰品。

做我平淡岁月里的星辰

到北京的第二年，我们再次双双失恋，并且退了北京的房子，回到了孟城。孟城虽然小，却可以让我们"保四求五"。北京固然大，却可能让我们五项全失。而且比起五项全失更让我害怕的是，我变成我们对象那种人，在追求梦想的路上忘记了初衷，最后安于现状，浑浑噩噩就过了一生。临死时明白了，却没有时间了，多悲哀。

回到孟城后，我继续写小说，诗人孟继续写诗。有生之年，我是看不出他能有什么出息了。但他是我唯一的朋友，我会借钱给他买房子，借钱给他娶媳妇，直到他彻底放弃梦想的那一天。我期待那一天，又害怕那一天。

日久生情

RI
JIU

/ SHENG
QING

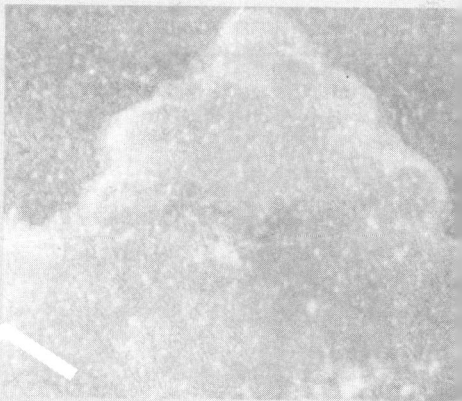

做我平淡岁月里的星辰

● 01 ●

刚刚在一起的时候，我觉得我们以后一定会分开。我们太不合适了。我喜欢早睡早起，她喜欢熬夜。经常我一觉醒来，她还没有睡。偶尔我们一起睡了，她还总是说梦话，甚至在梦里尖叫。

童年里受过的所有伤害，都变成了梦里的恶魔。如果不是后来遇到了爱，她可能会被噩梦折磨一生。

刚开始我不知道她的过去，我只从自己的角度考虑，而我最不能容忍的事情，就是没法好好睡觉，我只好一点点劝说她，哄她，安慰她，试图改变她的习惯。

时间长了，她作息上没有多大改变，但是性格变温柔了。而我，相处久了以后发现，噪声和吵闹也是可以变成习惯的。一旦这些变成习惯，就没有睡不着的时候了。她也不再做噩梦。

我们一开始也吃不到一起，她重口味，我喜欢清淡。每次吃火锅，都要吃鸳鸯锅。更不要说平时的零食了，我一根黄瓜一点水果就解决了，她则要买一超市推车的垃圾食品。

我一直在想，我们为什么没有分开呢？起初，每次想要分开的时候，我都会担心，担心她离开我会变糟糕，担心我离开她会后悔。

遇到我之前，她就有自残倾向，给自己身上刻个字、文个身，是常有的事情，还经常抑郁、焦虑、想自杀。

我担心一旦分开，她就会想不开寻短见，这种担心拯救了我们最初几年紧张的关系。好在除了容易焦虑之外，她还是很可爱的。这种可爱，就是我担心我会后悔的原因。她可能是我遇到过的最可爱的女孩子。

02

她的阅读品味，和我出奇地一致。每次买到一本书，我们都是争着看，或者干脆依偎在一起，她捧着书，我翻页。

一开始她常常说，如果我们的作息一直不一致怎么办？我说没事，这是可以改的，我们慢慢调整慢慢磨合，一年不够就两年，两年不够就十年，十年不够就一辈子。等到死的时候，我们肯定是一块儿睡着。

她过去一直想做一个歌手。我最初喜欢上她，也是因为她的歌声。漂亮的女孩子太多了，可是又漂亮，歌声又刚好是我喜欢那一款的，只有她一个。

做我平淡岁月里的星辰

歌手的路太难走了，跟我在一起后，她就放弃了当歌手的梦想，做了电台DJ。做DJ和唱歌是从不同的地方发声，完全是两码事，但是她做得很完美。

她的电台节目叫《陪伴是最长情的告白》，数十年如一日，只分享我一个人的作品。当然我写的小说也够多，一天分享一两千字，足够分享很多年了。

为了让她可以一直把电台做下去，我写作的速度很快。同样为了我的小说被更多人听到，被更多人以不同的形式喜欢，她每天都更新电台节目。

我新买了一所房子，装修的时候，特意留了两个房间，一个给她录音，一个给我写作。我们在工作的时候互不打扰。偶尔我写累了，就打开门，听隔壁房间传来她温柔诵读我文章的声音，在她柔美的声音里，我可以全身心地放松下来。

她有时候读完了一天的内容，也会打开房门来找我，随手带一本书，我写作的时候，她就在我身后的沙发上窝着看书。房间里只能听到敲打键盘的声音，以及她翻书时书页发出的声音。有时候她会幻想未来，说以后我们有孩子，在他不识字的时候，就可以听妈妈的节目。等到识字了，就可以看爸爸的书。在这样的环境长大的孩子，一定很聪慧，一定出类拔萃。

　　我最喜欢的作者王小波没有孩子，所以我也不想要孩子。不过我没有告诉她。但是她最喜欢的知识分子是李银河，所以我想她应该也不太想要孩子。她只是幻想如果做了妈妈会是怎样一番光景。"熊孩子"太可怕了，所以生孩子这种事情，想想就够了。

03

　　认识她是在我的第一场签售会上。我写了很多年书，但从未接受过线下活动的邀请，更不要说办签售会这种事情了。

　　那一次之所以答应桂林的书店做活动，是因为觉得自己青春不再，那段时间很沮丧，觉得梦想已经全部实现，而人生还很长，有种生无可恋的感觉。

　　去办签售会，也有种想改变当时那种状况的心思。因为书店提前宣传了很久，那天去的时候，看到黑压压一片，手里都拿着我的书在等着我签名，我还是有点紧张的。上台随意讲了几句就让读者提问，因为一问一答容易消磨时间。活动有两个小时，我一个人讲的话完全撑不了那么久。

　　她是第一个举手的，问了什么问题我现在已经忘记了，只记得是和新书有关的。我回答之后，她紧接着又问了一个和我个人

做我平淡岁月里的星辰

私生活有关的问题。因为她是唯一一个连着问了两个问题的人，所以我格外认真地看了她一眼，她很漂亮，可能是考虑参加公开的活动会有很多人，还化了淡淡的妆。

签售结束后，我就住在书店后面的酒店里，因为桂林的山水不错，所以我打算待几天，玩一玩，写几天书再回去。邀请我的书店是一个商业集团旗下的，这个集团在很多城市都建了商业广场，每个广场都配了一个 24 小时书店，用来吸引人流同时提升商场的品位。后来他们又给书店配了酒店。配的这个酒店就叫"住在书店"。书店和酒店之间有一扇门，用房卡才能进出。住在书店里，等于住进了书的海洋，24 小时都可以看书，房间内外都堆满了书。

我没想到她就住在我对面，她在走廊上跟我打招呼的时候，我还愣了一会儿，但很快就想起了是她。

"你也住这里吗？"

"嗯，就在你对面。不过我明天就走了，你呢？"

"我一周后走。"

"接下来要去厦门？"

"你怎么知道？"

"书店放了你的行程表，厦门之后是西安？"

"没错。"

223

"那，下一站见。"

"下一站你也去吗？"

"当然，我喜欢你很多年了。你做多少场活动，我就跟你去多少场活动。"

"你不用上学或者工作吗？"

"不用。"

04

初相识感觉怪怪的，所以没有深聊。但很快，我在厦门又遇见了她。在陌生城市遇到认识的人，虽然认识不久，却让人意外开心。

活动结束后，我请她吃了饭，是火锅，但酱料是沙茶酱，我吃不习惯。厦门所有的饮食都带着海的味道，我不喜欢吃任何海鲜，所有活动结束的第二天，我就去了西安。她跟我一起，坐同一班飞机。

我是北方人，喜欢面食，喜欢西安的牛羊肉泡馍，喜欢擀面皮，喜欢稠酒，到了西安，就像到了我的天堂。

我们租了两辆自行车，在城墙上转了一圈，足足两个小时，因为穿得太厚，骑得浑身冒汗。那是我们第一次分开骑自行车，因为那时候还不是恋人关系。后来我们一起住在阳朔，就租一辆双人自

做我平淡岁月里的星辰

行车，骑行十里画廊。或者在兰州，一辆有后座的自行车就够了。她坐在后座上，紧紧抱着我，说我是这个世界上最靠得住的人。

我之前去过很多次西安了，她则是第一次，我带她去了兵马俑，去了大雁塔。她玩得很开心，她在唐僧的雕像下面问我："我可以做你女朋友吗？"

我笑了笑，没有回答，只是俯下身去吻她。

从那以后，我们就再也没有分开过。一起去了北京，去故宫和景山，去三里屯和后海。后来又去了大明湖畔、西子湖畔、洱海苍山、大溪湿地、梅里雪山、石卡雪山。

她是上海人，爸妈常年在国外工作，我们就住在她家里，她爸妈是非常开明的人，第一次见面我们就聊得很开心。

05

从漫无目的的长途旅行，到甜蜜恩爱的客居时光，最后回到我们自己建造的小房间里。当浪漫和激情消退，需要柴米油盐过日子的时候，我们才发现，我们很多地方都需要磨合。但我们谁也没有想过放弃对方。

作为河南人，我最爱吃各种烙饼，厚的薄的，焦脆的软绵的，原味的葱油的。她都学着做给我吃，而她自己，却更偏爱各种肉食。素食主义者和肉食主义者在一起，如果不打起来，就可以从对方身上学到很多自己需要的东西。我们的不同非但没让我们越走越远，反而让我们更喜欢对方了。

有时候我开车在路上，会忍不住想，如果一场意外把我从她身边带走，她余下的人生该怎么过呢？于是我就开慢一些，再慢一些，慢得后面的司机不断鸣笛催促我。

后来我跟她说起这件事，她就再也不让我独自开车，她还去考了驾照，她说如果真的有意外，我们也要一起承担意外。

有些爱是需要证明的，在微博上发情话"艾特"对方，或者不断买礼物送给对方。我和她的爱没有任何证明。好像我们从生下来就在一起，就爱着对方。没有彼此，没有间隙。而且随着时光的流失，这种关系越来越坚固。

就像每周都会看两本书，看三场电影，吃一顿火锅，去公园发呆，我和她的感情也变成了习惯。难以想象，如果有一天，我的生命里没有了她，或者她的生命里没有了我，剩下的那个人该怎么活。

做我平淡岁月里的星辰

ZUO WO PING
DAN SUI

YUE LI DE
XING CHEN

01

所有人都需要榜样，榜样就像一颗北斗星，指引着夜行的人，让他们不迷路。我从小到大的榜样都是邻居家的姐姐，等到她嫁了人，变成了平凡的妇人，变成了孩子的妈妈，变得身上再没有光芒。我就离开了家，在路上寻找新的星辰。

也没有走多远，刚到市区，从汽车站出来，在去火车站的路上，我就看到了我离开家后的第一颗星星。

不管对于我还是对于别人，她都是不普通的。她身高有一米八，穿上高跟鞋之后我只能仰着头跟她说话。

我第一次遇见她，她正在一个露天的舞台上走秀。一起走秀的还有四个女孩子，但是我一眼就看到了她。

她是出类拔萃的，带着一般人没有的光，虽然是在普通城市一个普通商场门口临时搭建的舞台上，她却像走在巴黎时装周的T台上，周围无数好奇的眼光对她来说就是无数的镜头、无数的闪光灯。

别人的镜头只是一闪而过，我却永远记住了她，不仅记住了她，她还改变了我的计划，我决定不去省城了，我要追随她。

做我平淡岁月里的星辰

我看着她走完最后一场秀，看着她换好平时的衣服，疲惫地上了一辆开往大学城的公交车，我跟着她上了车，就坐在她后面。

她上车后就戴上了耳机，声音不大，但因为距离近，我还是听出来了，她在听自由乐队的《爱像是昨天》，一首很悲伤的歌。

她循环地听，直到我目送她走进那栋灰白色的女生寝室楼，歌声才消失。我看着楼上的窗户，看不到她在哪一扇窗子后面，但是我决定在学校里留下来，为了她。

02

她的作息很规律，按着大三学生的课程表，除了上课就是在学校吃饭，在图书馆看书。去做模特走秀是很少的事情，只在周末做。除了商场，有时候车展她也去。她神情总是淡漠的，和周围的一切格格不入，但她美，有气质，让人觉得难驾驭，也就足够吸引人。

她在校园里是独来独往的，跟我一样，她没有朋友，一个都没有。跟我不一样的是，她已经是大学生了，而我的校园生活十分短暂，我连高中生活都没有经历过。

我在她就读的大学食堂的后厨找了份工作，每天与各种蔬菜和盘子打交道，她很少到食堂吃饭，但洗盘子的时候，我还是洗得很认真，因为说不定哪个就是她会用到的。洗菜的时候我当然更仔细了，因为说不定那些菜是她要吃进肚子里的。后来通过饭卡，我知道了她的姓名——凌濛初。

我在心里管她叫小初，上一次看到这个名字，还是在看《初刻拍案惊奇》的时候，她和明末小说家同名同姓，虽然性别不同，但还是让我莫名地感到亲切。

有了工作之后，我的时间就少了，常常不能去看她走秀。但是在校园里，我知道她就在我几百米内的范围活动，即便看不到她，我心里也十分地踏实。

在我进入校园工作的第四个月，她终于发现了我，那天也巧了，我去自行车棚取车，打算去买点换季衣服，她也在自行车棚，好像刚从外面回来，车前篓里放了几本书。

她看到我之后主动跟我打招呼："你看上去很面熟，也在这个学校读书？"

我心想，我都跟踪你四个月了，不面熟才奇怪。但我还是装作一无所知的样子说："是啊，我也在，但我不是学生，我在那里工作。"我指了指不远处的食堂说道。

"我说呢，可能是打饭的时候经常看到你吧。"

做我平淡岁月里的星辰

"嗯，可以把你的书借我看看吗？"我指了指她车篓里的马尔克斯的《族长的秋天》，我的想法是，既然她已经认出我了，以后再远远地跟踪就不好了，还是深入接触吧，借书是最好的方法，有借就有还，一来二去就熟了。

"可是我还没有看。你也喜欢马尔克斯？"

"我更喜欢毛姆，不过对马尔克斯也蛮有兴趣的。我看书很快，一晚上就看完了，明天就可以还你。"

"好吧，可不要折损了，不然我可是会要你赔的。"

"一定，那明天下午这个时候，车棚见？"

"不用了，我加你QQ吧，你看完了给我留言，我们再约地方。"

"OK。"就这样，我不仅仅有了她的QQ号码，还拿到了她的书。真是皇天不负苦心人，四个月的默默守护终于有了回报。

03

说实话，虽然马尔克斯说百年以后读者可能会忘记《百年孤独》，但一定不会忘记《族长的秋天》，但在我看来，《族长的秋天》太难看了，还不如他的《苦妓回忆录》。

咬着牙看完之后，我就给她QQ留言，约了在学校操场旁边的咖啡馆还书。看书之余，我翻看了她的 QQ 空间，一无所获，她几乎不在网上暴露自己，QQ 只是她的通信工具。那时候还没微信，估计有微信的话她肯定不会开通朋友圈。

简而言之，她生活得很简单，刻薄点说甚至是落后，因为很快我就发现她连手机都不用。也幸好一开始我没有冒昧地问她要电话号码。追"女神"法则第一条就是不能太主动，因为她平时遇到的主动打搅她的人实在太多了。

为了有更多的接触，去的时候我千挑万选，选了一本《万历十五年》给她，因为我觉得除了热爱历史的人，一般人不会看这本书，她就会有兴趣看看，她只要接受了，就肯定有下次见面的机会。书做媒，千百年来屡试不爽。

以她爱看马尔克斯来看，东野圭吾、昆德拉、卡尔维诺之类的她肯定早就看过了，我要是带这些人的书就可能错失再见面的机会了。

果然，她拿到《万历十五年》就读了起来，甚至忘记了我的存在。等到她从书中回到现实里的时候，我们点的咖啡都冷了。

"我平时看的小说多，历史类的很少，只在《明朝那些事儿》走红的时候看过一些，你带的这本还真好看。"她拿起咖啡喝了一口，发现凉了，不好意思地朝我笑了笑。

"你很爱看书，跟我一样。"

"是啊，要是有很多很多的钱，我就不上学了，什么也不做了，守着一堆书就好了。"

"书中的世界的确美妙，你应该看过很多书，以后我们相互分享吧。"

"怎么分享？"说着她又笑了，她笑的时候太醉人了。

"我读的历史书多一些，我可以给你推荐一些好看的历史类的书，你读的小说肯定比我多，你可以推荐一些小说给我。"

"没问题，那以后每个周末的下午，我们就在这里换书？"

"OK。"

04

交换了几次书，我们便算是朋友了。因为我是在她走秀的时候认识她的，所以我最喜欢的还是她在舞台上的样子。成为朋友后，我很久都没去看她走秀，直到有一次陪食堂采购去农贸市场，路过汽车城的时候，无意间看到车展。第六感告诉我她肯定在，于是我跟采购请了假，买完菜就去了车展。

她在跑车的展区，只有这个区域请了几个模特，这个区域人最多，大都是来看美女的，没几个是真看车的。她比之前在舞台上的时候穿得少了一些，但并不暴露，似乎她穿什么都能穿出艺术感来。人的气质，有时候可以压过服装。

我一开始想假装路过，远远地看着，后来想，大家都是朋友了，没必要遮遮掩掩的，于是就径直走了过去。她看到我，愣了一下，然后就笑了，她说她再站一个小时就走了，让我等等她，跟她一起回学校。

因为有一个小时的时间，我顺便在车展上逛了逛，看中了一辆越野车，可惜没钱买，只能默默地幻想自己开车带她兜风的样子。

回去的时候，我骑着她的自行车，载着她。她跟个小妹妹一样揽着我的腰，一切像梦一样，美好却不真实。

在自行车上，我问她，以后是不是会一直做模特。

她笑了，我发现看似冷漠的她，遇到我的时候总是笑，她说："我的专业是形象管理设计，以后大概会自己开个美容店之类的吧。做模特只是个人兴趣，学生时代赚点零花钱还可以，毕业了靠这个会饿死的。"

"蛮好的，比我有想法。"

"你的梦想是什么呀？"

"我的梦想啊，我的梦想很简单，就是住在一个巨大的图书馆里，一辈子什么事情也不做，只是看书。"

"那你为什么不去实现你的梦想呢。"

"越是简单的梦想，越是不容易实现呢。你想，有一个巨大的图书馆，肯定需要很多很多钱吧，什么事情也不做，也需要很多很多钱吧。所以，我现在只能先去赚很多很多钱。"

"在食堂工作很赚钱吗？"

"在食堂工作肯定不赚钱，但是有时候，我也会在追求梦想的道路上开个小差，追求一下女孩子什么的。"

"食堂里有你喜欢的女孩子？"

"食堂没有，但是学校有。"

"那下次一定要带我认识一下。"

"OK。"我最终还是没有鼓起勇气说"那个女孩就是你"，怕被拒绝，怕拒绝了之后连朋友都没得做。我这种性格，可能注定只能做个守望者。不过没关系，她是我平淡岁月里的星辰，只要星辰还在，我就很开心。梦想总会实现的，爱情也总会降临的。

05

我在食堂工作第五个月的时候，彻底厌倦了，我觉得就算是为了小初，我也得换一份看上去体面点的工作。

但是对这个城市我并不熟悉，找来找去，还是得靠小初介绍，我才进了一家珠宝公司，从事珠宝定制的工作。虽然一开始收入不高，但比起在食堂的时候，已经好太多了。

拿到薪水的第一个月，我想请小初吃饭，被她拒绝了，她说，你的梦想需要很多很多钱，你要把钱都攒起来，还是我请你吃吧。

于是我问她："你的梦想是什么？难道就是开一家店吗？"

她沉默了一会儿，说："我的梦想也很简单，我想在深山老林里，盖一套房子，和心爱的人在一起，过平淡的生活。我讨厌灯红酒绿，讨厌城市，讨厌应酬，甚至讨厌未知。也许深山老林有点夸张，总之只要是宁静的生活就蛮好的。"

"宁静的生活倒是不难得，难得的是心爱的人。"

"是呀，易求无价宝，难得有情人。"

"看得出来，你是宁缺毋滥的性格，这样的性格，很容易一直单着，你不怕孤独吗？"

"孤独是难耐的，但孤独总是伴随着自在的。我喜欢一个人旅行，走走停停，可以随意改变路线，随意迷路，可以遇见意外的美好。不过孤独久了，会想，要是有人陪着就好了，但那个人是志趣相投的有意思的人才好。"

"一定会遇到那个人的，我们今天去得意楼吃虾吗？"

"哟，我请客了就要吃虾，想得美，今天吃火锅就行。我喜欢吃火锅，但是没人陪的话，一个人吃太寂寞了。现在有了你这个小伙伴，我要把以前漏吃的火锅都补回来。"

吃火锅的时候，看着她手忙脚乱给我夹羊肉，我心里一暖，然后就发现，好像越是熟悉，越是不知道该怎么跟她表白了。

06

珠宝定制行业做久了，创意也会多一些，总想 DIY 一款有自己特色的珠宝。在遇到小初满一年的时候，我定制了一个玫瑰色的手环给她，她很喜欢。于是我又接着定制了戒指、项链和耳环送她。

我觉得只要能够让她更美地存在，我就应该努力送给她珠宝，可是她渐渐不乐意了。她知道那些礼物的价值，不是我承受得了的。

"适可而止吧，我知道你喜欢我，可是我们做朋友，不是蛮好的吗？"在我第五次送佩饰给小初的时候，她拒绝了。

"你看出来我喜欢你啦？"

"一开始我就知道。"

"一开始？那是什么时候？"

"你跟踪我的时候。"

"在我去食堂之前？"

"是的。"

"没劲，原来你都知道了。"

"不然我怎么会主动跟你说话？"

"你不怕我是坏人？"

"坏人没有你这么有耐心。"

"那你是喜欢我啦？"

"我喜欢你，是朋友的那种，我幻想中的伴侣，不是有耐心就可以的。"

"其他方面，我可以慢慢完成呀。"

"来不及了，我已经遇到我的白马王子了，我答应跟他去旅行了。"

"上次送你来学校的车行老板？"

"嗯。"

"你不是说，他比你大了十岁，你没法接受这种年龄差吗？"

"后来我发现，年龄不是问题，他三十多岁而已。他拥有的很多东西都是我需要的，而你拥有的只有耐心。当然，最重要的

做我平淡岁月里的星辰

是他很爱我。"

"我也很爱你。"

"可是我只能选一个。我知道，这对你不公平，但你不能让我脚踏两条船吧，你也不希望我是那样的人吧？"

"我懂了，那祝你幸福。"

07

这颗星星湮灭之后，我就辞掉了珠宝定制的工作，换了一个城市，开始等待新的星星降临。等待的日子是平淡的，但人生不就是这样，平淡的时候居多。就算你曾经拿过诺贝尔奖，也要一个人上厕所，如果吃坏了东西，就要忍受肉体的痛苦。

没有人能一天 24 小时狂欢，并且坚持一辈子。激情总是短暂的，平淡是永恒的。但是不管多平淡的生活，总会有那么一点点希望和光，也许是某件事，也许是某个人，也许已经在回忆深处，只要时不时翻出来，就足以照亮我们的人生。

人生还在继续，故事永不停止，我想只要我还有梦，快乐的时刻总会再次降临的。属于我的星辰，总会再次亮起。

后 记

HOU

/ JI

做我平淡岁月里的星辰

终于写到后记了，读过我的书的读者都知道，我喜欢写序言和后记，尤其是出虚构类图书的时候，如果不在序言和后记里写写虚构之外的我，就会觉得这本书不完整。

最近经常听人说，做自己就好。

然而什么是做自己呢？我个人的理解是，不攀比，不羡慕嫉妒恨，有自己的小世界，坚持自己的路。这样也许不能活得更好，但一定不会越活越糟。

当然，做自己之前，需要先弄清楚自己是什么。简单来说就是，不知道什么是自我，就无法真正地完成自我实现。

要弄清自己，就回到了老问题：我是谁？我从哪里来？我要到哪里去？

回忆我的来处，就会想起我出生的地方。那是河南西部的一个小村子。在那里，农民的儿子是未来的农民，木匠的儿子是未来的木匠，豆腐坊老板的儿子是未来的豆腐坊老板，油坊老板的儿子是未来的油坊老板。

我的爸爸是个小商人，也种地。我不想重复父辈的人生，于是早早地离开家出来闯荡。刚出来的时候并不知道要做什么，只想着要过不一样的、与众不同的人生。这便是第二个问题，我要到哪里去。

　　在回答第二个问题的过程中，我认识了一群写小说的朋友，于是我也写起了小说。那时候新概念作文大赛正热门，我就参加了比赛，也是运气好，竟然入围了复赛，虽然最终只拿了个二等奖，但是在复赛的时候认识了许多志同道合的朋友，这些朋友后来都陆续出书成名，即便没有出书成名的，在各个传媒领域也混得风生水起。

　　有很长一段时间，我是我们那群朋友里混得最差的那个。他们写篇文章稿费千字五百，我写篇文章稿费只有千字五十。他们经常出书，开签售会，过得跟明星一样，而我只能在小杂志发点短篇，还经常被退稿。

　　是我写得没有他们好吗？我不认为是这样，我只是觉得，是我时运不到，我坚持就好了。直到有一天，有个出版公司找我出书了，编辑说需要一些名家评语，我就想到了我当时认识的朋友，他们很多已经出畅销书了。

　　我先是找到我最熟悉的认为关系最好肯定不会拒绝我的那个朋友，结果他看了我的稿子之后说："你写这种东西也能出版？你以为你是韩寒吗？"

　　我一开始不是很懂他的意思，那时候我沉迷于写武侠小说，还自创了"轻武侠"门派，写一些幽默风趣的武侠故事。虽然喜

做我平淡岁月里的星辰

欢看的人不多，但也有一批忠实的读者。于是我说："这篇小说已经在杂志连载了，有出版公司确定要出版，你帮我写写评语就好了。"

他说："你还是不要出版了，这种东西出版了也没人买。"

我当时不知道怎么回复他，因为一直把他当好朋友的，没想到文人相轻这种事情会发生在我们身上。我一直觉得文无第一，武无第二。不同风格的故事有不同的读者喜欢。写悬疑小说的，凭什么瞧不起我写武侠小说的呢？

于是我又去找了一些不是那么熟悉的前辈写评语，意外的是，他们竟然都写了，而且对那本小说评价还蛮高的。

再后来，那本书出版了，果然如朋友所说，销量一般。但我仍旧不认为是我的问题，因为那本书印刷出来，没有做任何推广，我那时候也没有什么读者，那是一个没有微博的时代，也没有微信和公众平台。出本书，扔在书店里，就像在大海里扔了一个漂流瓶，谁能捡到，全看缘分。

我坚持写了第二本书、第三本书，到现在已经是第三十本书了。稿费从千字五十变成了千字两千。而当年嘲笑我的那个作者朋友，早就销声匿迹了。

有时候我想，幸好我当时没有辩解，不然可能会受到他更激烈地嘲笑，确实，那时候他声名鹊起，而我，不过是他刚出道时认识的一个写小说的朋友，他是否帮我无所谓。到现在我还觉得，一个人肯帮你是情分，不肯帮你是本分，毕竟没有人欠你什么。你足够强大了，自然会被尊重，被追捧。

当被质疑和嘲笑的时候，最好的反击就是默默努力，通过努力来证明自己。若是逞口舌之快，私下却不努力提升自己，即便当时驳倒了对方，未来还是会受到新的质疑和嘲笑。对于一个作者来说，最直接证明自己的方式，就是作品。名气或者粉丝数量反而是虚的。只要默默地一本一本地认真地写，该得到的，都会得到。

昨天一个小我十来岁的作者跟我说，她几年前向我讨教写作问题，我热心地说了一些个人经验，她当时觉得我一点也不红，说的话也没什么参考价值，所以她没认真听。几年后，她去逛书店，发现了一堆我的书，这才意识到我当时跟她说的经验，都是金玉良言。

关于红的问题，我一直是觉得很可笑，很多作者还没开始写，就想着红，想着赚多少钱，而不是真正地擅长写作热爱写作。这样的人，写作之路能坚持多久呢？

红了，难道就不写了？

做我平淡岁月里的星辰

　　写作更多的是一种与生俱来的天赋，一种排遣孤独的方式，进而可能成为一种技能。不管是什么，都不能将名和利作为目的，不然只会适得其反。

　　我现在已经出了二十多本书，还有几本书会陆续上市，当年被朋友嘲笑的那本爆笑风格的武侠小说，今年也出了新版。我对读者说我会写一百本书，倒不是需要用数量来定义什么，而是给自己一个目标，一个方向。知道了自己要到哪里去，一步一步走，总会抵达目的地。不求超越任何人，超越昨天的自己就可以了。

　　就像老家那些农民，地是自己的，要种玉米、芝麻、红薯还是大豆，全看你自己。不能因为今年雨水多，你种了耐旱的作物，就羡慕别人种了耐涝的作物。也不能因为今年大旱，就嘲笑那些种了耐涝的作物的邻居。选择了什么，就要承担什么。

　　选择了写作这一行，就认真写作，喜欢写什么风格，就安心去写。市场怎么样是市场的事情，你认真写了，就一定会有人喜欢读，区别只是人数的多少。

　　而且对于作者来说，畅销未必是好事，有段时间我的书非常畅销，每天收到上千条微博私信，回复消息，应酬，参加活动，耽误了大量的写作时间。偶尔关门断网写作，也总是沉不下心。反而是在那些不受关注的日子里，认真写了不少好东西。

　　未来的日子还很长，还有太多故事要写，也许又会遭遇大红，或者过气，都不要紧，做自己就好了。不管怎么过，都是一生。上天给我们几十年的命，就像农民手里那十几亩地，想种什么就种什么。认真种了庄稼，就不担心没有好收成。认真活好每一天，就不枉此生。

　　好了，励志时间结束。其实我根本就不是个励志的人。或者说，我一半是励志的，另一半是颓废的。加起来，就是个矛盾体。之所以一半励志一半颓废，是因为写作之路非常顺利，年少成名，而情感之路非常坎坷，坎坷到写一百本爱情小说也写不完。

　　写这本书的时候，是我这辈子过得最焦虑的一段时间。虽然只有二十九岁，却有种中年危机的感觉。当然现在就说"这辈子"还为时过早，也许以后会更焦虑。

　　总之随着年龄的增长，我开始对很多事情没有期待，赚的钱越多，越觉得人生好像不过如此了。再过十年、一百年，人生还是这样。人是如此渺小可怜，我开始沉迷于回忆过去，反思过去。

　　总是会想起我十几岁的时候，那时候没上学也没上班，靠着写小说混饭吃，一拿到稿费就满中国跑。

　　记得跑到湖南的时候，我认识了一个女孩子，我们同居了一阵子，因为实在受不了湖南无辣不欢的饮食习惯和动不动就下一

做我平淡岁月里的星辰

个月雨的天气，加上女朋友高三了没时间陪我玩，我就去了云南。在大理和一帮整天谈论灵魂破碎的人靠打麻将打发日子，活得就跟我在序言里讨论过的浑蛋一样。

那时候我有一个好朋友在青岛读大学，有一段时间，我经常去他学校里待着。他上课的时候，就把借书证给我，我去图书馆里借书看。他放学了我们就去学校附近的路边摊吃饭，喝酒撸串畅谈人生，他是我最聊得来的一个人，堪称知己。晚上我们就挤在他寝室狭窄的小床上睡，一睡就是一两个月。我们约好了以后要一起开个书店。

后来女朋友考大学，我就让她考青岛的大学，这样我去陪她的时候，可以顺便看望好朋友。女朋友倒是争气，真考到了好朋友的学校。但是我没有时间经常去看她，因为那时候我满脑子想着走遍中国，所以我就拜托好朋友平时帮我照顾一下女朋友，他们都是我最亲近的人。

大概在我走过了中国三分之二的城市之后，女朋友跟我说，她和我的好朋友好上了，然后拼命数落我的不是。仔细想想，我一直把梦想放在第一位爱情放在第二，确实挺浑蛋的，女朋友移情别恋我也能接受，但移情别恋的对象是我的好朋友，这就有点"狗血"了。

　　我去质问好朋友，好朋友说如果只能选择一个，他觉得我更坚强一点，放弃我我还能活，放弃我女朋友，他担心我女朋友活不下去。我只好呵呵笑着把他们拉黑了，祝他们百年好合。从那以后，有四五年的时间，我没有再和任何友人交过心，也不再相信爱情里的海誓山盟了，我独自去了很多地方，也不期待那里有人等我，有人接我。

　　我从一个热爱交朋友，觉得五湖四海皆兄弟才是人生最高境界的人，变成了独来独往的浪子。那是我人生的第一个转折点，从内到外的转折。我常常想，如果时光可以倒流，回到过去，也许我会选择不去认识那个女孩子，不去认识那个好朋友。那样我就还是那个热情满满的人，不会在得到一切、实现一切梦想后觉得孤独颓废。

　　好了伤疤忘了疼，五六年后，我又认识了一个朋友。因为对方实在对我太好了，我放松了警惕。或者孤独太久了吧，突然有个可以说心里话的人，就格外珍惜。这个朋友后来跟我一起开了个工作室，工作室有了一些业绩，赚到一些钱的时候，他携款跑了，留我一个人担骂名，还欠款。真是你把别人当朋友，别人把你当人脉。

　　不过这次的伤害比第一次轻多了，所以很快我就好起来了。

只是从那以后，我就再也没有过开工作室或者开公司的念头。我觉得我还是适合一个人，静静地做一个作者。后来我写了二十多本书。一来是因为不相信任何人任何事，不会和任何人合作；二来是因为没朋友，所以格外孤独，时间格外多。

最近看了一部电影，讲友情的，看完后想了想，觉得和好朋友闹翻代价真是太大了，我的人生轨迹，都因为和好朋友闹翻而改变了。

如果没有发生那些事，我肯定还是那个渴望五湖四海皆兄弟，渴望过大碗喝酒大块吃肉，一支穿云箭，千军万马来相见，两副忠义胆，刀山火海提命现的热血男儿。

如果没有发生那些事，我们的工作室会慢慢做大，变成公司，我可能会变成一个大肚子老板，而不是一个勤奋疯狂的作者。

很难说孰好孰坏，只能说，在和知道你一切，跟你共享过无数欢乐的好友闹翻的那一刻，你的热血瞬间就冷了。有人说这是成熟，我却觉得，如果能够保持一颗童心，永远不冷血，比所谓的成熟更好。毕竟热血的时候，我整个人朝气蓬勃，很容易快乐和满足。冷血之后，不管遇到什么事情，我都不会肆无忌惮地笑了。我渐渐变得麻木、悲观、厌世、怀疑一切，为了避免被伤害而戴着面具生活，这样的人生，不管多么成功，都挺没劲的。

　　这样的人生，唯一的好处就是让一个作者有写不完的故事，发不完的感慨。痛苦的经历是锻造艺术家的利器，仅此而已。

　　我一直追求尽可能完美的自在的生活，最后却在追逐的过程中发现自己已经渐渐丢失了那颗洒脱的心。说好听点这是人长大的必经过程，说难听点，就是丢了初衷吧。

　　不仅仅是我，我喜欢的很多歌手也渐渐变了模样，他们在成名后生活变得一团糟。他们后来的音乐让人听了前奏就失去了兴趣。

　　是我变了，还是他们变了，还是这个世界都变了，我不知道，我只知道，我连摇滚都不愿意听了，我连看吕克·贝松的电影也不会笑了。

　　有一天我走在路上，听到后面有人说："我们是两个世界的人。"我回头去看时，并没有发现外星人，只是两个吵架的情侣。

　　很普通的一句话，让我发现，这个大千世界里，像奇幻小说里写的那样，有无数"小千世界"的。每个人的心都是一个"小千世界"。她让你进来时，你们就是一个世界。否则，就算近在咫尺，你们也不是一个世界的人。

　　好了，写到这里，也该搁笔了。最后，感谢在写这本书的过程中遇到的所有人，感谢为这本书提供写作场所的桂林纸的时代

做我平淡岁月里的星辰

书店，感谢合肥纸的时代的 KK。感谢终于理解我开始支持我的爸爸妈妈哥哥姐姐，我们的家庭越来越大了，哥哥姐姐都有了孩子，也许有一天，我也会有孩子。也感谢未来某一天会为我生下孩子的姑娘。

这一次的感谢辞写得有点长，其实最需要感谢的，是每个阅读到这一页的读者。我们下一本书再见——我还能写出下一本的话。

马叛

2016 年 12 月于长沙

我曾问，喜欢是一种什么样的体验？

那时夏日之风吹过，草木丰泽，

他低头看我笑，

因为你，所以世界是甜的。

柳蒇之 [青罗扇子]

著

I missed you . today

我今天想你了

"我今天想你了"

"那明天呢？"

"再想一遍。"

我喜欢你，
所以世界是甜的

I missed you . today

定价：
29.80元
上市时间：
2017 年 6 月

白金级作家
@柳蒇之_青罗扇子
最甜暖校园爱情

为你讲述一段青涩纯真

一段久聚不散

一段十几岁时就偷偷在心里说了无数遍的

我喜欢你